Mord auf freiem Fuß

Lesley Frost

Writat

Diese Ausgabe erschien im Jahr 2024

ISBN: 9789359949970

Herausgegeben von
Writat
E-Mail: info@writat.com

Inhalt

ICH

Ordway Belknap, ehemaliger Richter am Magistratsgericht und vorerst Amateurdetektiv und halbprofessioneller Kriminologe auf Abruf bei der Mordkommission, lehnte sich bequem in einem Sessel im Arbeitszimmer seines geräumigen Penthouses zurück Wohnung am East River – genauer gesagt am Gracie Square. James, der perfekte „Mann", von dem bestätigte Junggesellen eines Tages träumen, betrat lautlos den hochflorigen Teppich und verkündete mit Wattestimme Richter Whittaker am Telefon.

„Danke, James", murmelte Belknap in einem Ton, der sich an die Atmosphäre des Raumes anpasste; während James mit der sanften Präzision des Roxy-Orchesters aus dem Blickfeld verschwand, so dass die Höhle ein Stockwerk für sich war.

Belknap drückte langsam eine frisch angezündete Zigarette aus und betrachtete nachdenklich das Telefon neben ihm. Sein Gesicht wurde ernst, wie ein Fenster beschlägt. Er erinnerte sich an Whittakers Bemerkung von vor einer Woche, die er gemacht hatte, als sie im Club vorbeigingen: „Ich werde Sie bald wegen einer Angelegenheit von Leben und Tod anrufen. Nein, ich kann jetzt nicht darauf eingehen – ich bin auf der Flucht." Und obwohl ihm die Sache inzwischen entfallen war, zögerte er nun unerklärlicherweise, selbst für sich selbst, den Hörer abzunehmen.

Belknap war ein Mann von etwa fünfzig, aber man sah ihm das nicht an: groß, gutaussehend, mit festem Mund, brennenden braunen Augen und dickem, glänzendem schwarzen Haar. Seine Muskeln waren stahlhart und seine Haut war immer tief gebräunt, im Winter wie im Sommer, denn er war eines dieser schwer zu fassenden und selbsternannten Mitglieder des Long Beach Nature Clubs. Er fuhr an strahlenden Tagen, sogar im Januar, gern mit dem Motorboot hinunter, um im Schutz einer flachen Düne ein Feuer aus Treibholz zu schüren und sich in der Hitze des Feuers und den violetten Strahlen zu sonnen.

Sonnenbaden ist die Gewohnheit eines Einzelgängers; aber Belknap *war* in mehr als einer Hinsicht ein Einzelgänger. Er liebte die langsamen, trägen Nachmittage, die scheinbar vergeudet waren und an denen kein Wort gesprochen wurde. Er genoss den vermischten Geruch von Olivenöl, Holzrauch und Salz; und den Anblick von Möwen und einem Schiff, das sich durch mehr als halb geschlossene Augen am Horizont entlangbewegte wie der große Zeiger einer Uhr, unsichtbar und doch sichtbar. Rodney Drake erhob sich regelmäßig wie ein langgestreckter Pikte aus der Sandwüste und gestikulierte gegen den Himmel. Am offenen Strand hockte der robuste kleine Ägypter, dessen Name unbekannt ist, bewegungslos auf seinen Fersen über einer Blechfeuerstelle.

Es mag also gut sein, dass diese einsamen Wachen in Belknap das hervorbrachten, was seine Bekannten, ja sogar Freunde, als „seltsam" bezeichneten. Die Welt im Allgemeinen hielt ihn jedenfalls für rätselhaft und geheimnisvoll. Sie fand ihn ausgesprochen unkommunikativ oder, wenn er kommunikativ war, ironisch, eine Ausdrucksweise, die den Zuhörer nicht viel klüger macht. Seine Freunde sprachen von ihm eine sensible, zurückhaltende Natur, die die Menschheit mangels einer besseren Methode mit widerwilligem Zynismus abschüttelte, einem Zynismus, der durch jahrelange enge Verbindung mit dem Bösen und der Korruption, der Heuchelei und Ungerechtigkeit der Gerichte geschärft und auf den Punkt gebracht wurde. Er hatte die Eigenschaft, nie eine Gelegenheit zu übersehen, auf Kosten von Recht und Ordnung, wie sie in diesem aufgeklärten zwanzigsten Jahrhundert praktiziert wurden, verbittert zu sein.

Und es war die Hoffnungslosigkeit des Kampfes, ein Mindestmaß an Ehrlichkeit im Rechtssystem zu bewahren, die ihn, so Belknap, dazu getrieben hatte, als Einzelgänger den Verbrecher zu verfolgen. Zu oft, so behauptete er, zahlten die Unschuldigen oder niemand zahlte, während die Schuldigen im Blickfeld der Richter saßen. Er war zumindest entschlossen, der eifrigen Öffentlichkeit ein paar echte Beutezüge zu bescheren, wenn nicht sogar Verurteilungen. In seinen beiden berühmtesten Fällen hatte er es auch geschafft, die Verurteilungen zu erwirken.

Sein erster Fall, der von Maria Monroe, die in ihrer geschlossenen Wohnung am Riverside Drive erwürgt wurde, als man annahm, sie selbst sei in Honolulu, folgte unmittelbar auf seinen Rücktritt von seinem Amt. Tatsächlich war das Verpfuschen dieses Falles seiner Ansicht nach der letzte Tropfen, der das Fass zum Überlaufen brachte und ihn einer schon lange bestehenden Versuchung nachgeben ließ. Und er war auf wundersame Weise erfolgreich. Obwohl jede Ermittlungsbehörde der Stadt gegen ihn war und er ein scheinbar uneinnehmbares Alibi hatte, das es zu widerlegen galt, brachte er seinen Mann auf den Stuhl.

Doch erst in der Stanton-Mowbray-Affäre im darauffolgenden Winter entfaltete sich Belknaps erstaunliche und unvernünftige Technik zu ihrer größten Wirkung. Stanton wurde im Villa Bella Night Club in der Forty-Eighth Street, West, gegen Tagesanbruch am Ende einer außergewöhnlich wilden Nacht erschossen. Es wurde keine Waffe gefunden, obwohl die wenigen verbliebenen Gäste innerhalb weniger Augenblicke von der Polizei durchsucht wurden; und selbst die ungefähre Richtung, aus der der Schuss abgefeuert wurde, konnte nicht ermittelt werden. Einige sagten, er sei durch ein Fenster gekommen, andere aus nächster Nähe. Der Fall lag monatelang im Dunkeln, als Belknap sich dafür zu interessieren begann. Der Hauptverdächtige war ein gewisser Colonel Blake gewesen, ein Mann mit großer persönlicher Anziehungskraft, starken politischen Verbindungen und einflussreichen Freunden. Es hatte sich das Gefühl breitgemacht, dass er schuldig war und dass die Sache „vertuscht" wurde, dass sich das Gesetz einmal mehr als unzureichend erwies. Doch in diesem Fall gelang es Belknap, das Gesetz reinen Tisch zu machen. Er zog mit seiner intuitiven Art, die sein stärkster Anspruch auf Auszeichnung war, voreilige Schlüsse und fand die kleine Violet Mowbray, eine Musical-Tänzerin, die in letzter Minute als „Statistin" für Stantons Party eingeladen worden war. Obwohl man glaubte, dass sie und Stanton sich dabei zum ersten Mal begegnet waren, entdeckte Belknap eine seltsame Reihe von Ereignissen, die Stanton ins grellste Licht rückten und der armen Violet ein Dutzend Mordmotive lieferten. Violet nahm ihre Strafe von zehn bis zwanzig Jahren mit einer stillen Unschuldsbeteuerung hin, die den Gerichtssaal zu Tränen und Hysterie rührte. Niemand, der ihre gebrechliche Gestalt an diesem trüben Dezembertag abgeführt sah, hätte gedacht, dass sie noch ein Jahr davon absitzen könnte.

Seit den Wochen, in denen sein Name und sein Gesicht zusammen mit denen von Stanton und Violet Mowbray in den Schlagzeilen standen, herrschte in Belknap mehrere Monate verhältnismäßiger Ruhe. Er hatte der Polizei in ein paar Kleinigkeiten geholfen, sich aber wirklich in nichts gefestigt, was der Mühe wert gewesen wäre. Und im Moment verspürte er das Bedürfnis nach heftiger Ablenkung ganz besonders. Er war mit einer Woche sengender Sonne übersättigt; Frauen überdrüssig; abgestanden mit einer Überdosis Krimis; und beunruhigt durch die Tendenz seiner Gedanken, eine düsterere Wendung als gewöhnlich zu nehmen.

Doch aus irgendeinem seltsamen Grund gab ihm Whittakers Ring, der auf die Worte ihres letzten Treffens folgte, zu denken. Er kannte Whittaker als gefährliche Person, *Freund* oder Feind, oft sogar noch gefährlicher als ersterer. Ihre Beziehung war in letzter Zeit angespannt gewesen. Belknap war beinahe zu dem Schluss gekommen, dass jeglicher Verkehr zwischen ihnen, ob freundlich oder unfreundlich, abgebrochen worden war. Warum dann diese Angelegenheit von Leben und Tod? Na ja, Neugier hatte mehr als Katzen getötet. Er griff nach dem Hörer.

"Ja? Oh, Whittaker? Schön, deine Stimme zu hören." (Das ist etwas übertrieben. Klingelt falsch) „Natürlich, alter Junge." (Warum nannte er ihn nun „alter Junge"?) „Ich würde mich freuen, mehr als erfreut." (Mein Gott, ich meine nicht einmal erfreut) „Gibt es für mich etwas Aufregendes zu tun? Willst du mich aufklären? Oh, ich verstehe: Gib mir die Gelegenheit, weise zu *werden* . Natürlich. Irgendein altes Ding zur Abwechslung... Nein, ich verstehe nicht ganz, was du meinst. Du bist wie immer angenehm geheimnisvoll." (Teuflisch, ist das, was ich sagen möchte, und ich werde es eines Tages auch sagen.) „Ein Haus voller Krimineller? Seit wann bist du am Wochenende mit Sing Sing zusammen? Sie waren noch nie in Sing Sing? Sie möchten, dass ich Ihnen dabei helfe, sie dort anzubringen, oder? Du kannst dein süßes Leben darauf verwetten. Hat das etwas mit dem zu tun, was du mir letzte Woche zu Ohren gekommen bist? Es hat? Wann willst du mich? Heute Abend essen. Vielen Dank. Ich werde da sein."

Er hat aufgelegt; aber es gelang ihm nicht, zu dem Audubon zurückzukehren, das offen auf seinen Knien lag, einem Original-Folio, das ihm Colonel Blake mit Erleichterung und Dankbarkeit geschenkt hatte. Stattdessen verfiel er in ein braunes Arbeitszimmer und betrachtete eine ziemlich unheimliche Möglichkeit aus verschiedenen Blickwinkeln und bei unterschiedlichen Lichtverhältnissen.

II

Belknap schaffte die Strecke zu Whittakers Villa in Blue Acres auf Long Island in etwas weniger als einer Stunde. Sein Dusenberg, lang und tiefliegend, in einer Farbe, die ihm gefiel, und mit Spezialgeräten für Verteidigung und Nutzbarkeit ausgestattet, war auch ein Geschwindigkeitsdämon und hatte selbst im Verkehr viele Rekorde gebrochen, größtenteils seine eigenen, um genau zu sein. Er war immer selbst gefahren und hatte oft darüber nachgedacht, dass er, wenn er nicht Anwalt oder Detektiv geworden wäre, in Daytona Kilometer gezählt hätte. So sehr liebte er die Kraft und Schönheit der Linien einer großartigen Maschine. Und er bewunderte seine braune, dünne, muskulöse Hand am Lenkrad, eine aus Mahagoni, die andere aus Kaffee, so sehr wie jedes Kunstwerk.

Als er in die breite, geschwungene Auffahrt von Thorngate einbog, verlangsamte er das Tempo auf Kriechgeschwindigkeit und genoss für einen Moment die Aussicht auf den Sund, den zitronen- und orangefarbenen Sonnenuntergang dahinter und die Ruhe der Bäume, Sträucher und Blumen auf beiden Seiten Seite. Mit einem Ohr lauschte er auf das Rascheln der Reifen auf dem Schotterbett und mit dem anderen auf die Zikaden, die zwischen den Eichen das verrückte Geräusch eines halb betäubten Gehirns erzeugten.

Black John, aufmerksam und redselig, öffnete ihm die Tür und zeigte ihm sofort ein großes, luxuriöses Zimmer im zweiten Stock. Belknap stand an den langen Fenstern, schaute nach unten und ließ mit der Taubheit, die für seine allgemeine Gleichgültigkeit charakteristisch ist, Johns gut gemeintes Geschwätz ab, während er Belknaps Wochenendgarderobe auspackte und bereitstellte. Belknap war davon so weit entfernt, dass er Johns Rückzug nicht bemerkte. Auch nichts von Bertrand Whittakers Auftritt.

„Ich kann mir vorstellen, dass Sie die Reise in kurzer Zeit geschafft haben. Wie geht es dir, Belknap?"

„Hervorragend, danke. Ja, ich bin schnell genug heruntergekommen. Es gibt nichts, was eine gemütliche Fahrt auf Long Island rechtfertigen würde – vielleicht bis nach Shinnecock Hills. Davor gilt: Je früher es vorbei ist, desto besser. Wissen Sie, ich bin immer noch überrascht, dass es so bezaubernde und abgeschiedene Orte wie diesen nur einen Steinwurf von diesen schrecklichen Hauptstraßen entfernt gibt. Und deiner ist einer der besten, Bertrand."

„ *Nicht wahr* , Belknap!" Whittakers Gesicht leuchtete vor erfreuter Eitelkeit. Aber es starb sofort. „Es wird mir leid tun, es zu verlassen. Ich versichere Ihnen, dass ich es noch mehr hassen werde, etwas anderes zurückzulassen."

Belknap hielt inne, während ihr angezündetes Zigarettenstreichholz zwischen ihnen steckte, und begegnete schnell den Blicken, denen er eifrig ausgewichen war.

"Verlassen? Warum, wann und wofür? Ins Ausland gehen?"

Whittakers unmittelbare Antwort war ein kaltes Lächeln. Er nahm sein Feuer und ging zu einem Stuhl hinüber. Belknap betrachtete ihn durch die Rauchwolken seines eigenen Rauchs hindurch eindringlich, und da er ein eifriger Männerforscher war, wenn er es wollte oder für nötig hielt, bemerkte er eine neue Härte in dem harten grauen Gesicht. Whittaker war ein grauer Mann: eisengraues Haar, granitfarbene Haut, graublaue Augen, Anzug aus Rotguss und jede Menge graue Masse. Er war ein Mann, der zu fähig und zu eigensinnig brillant war für die beengte Position, in der er arbeiten musste. Also steckte er seine zusätzliche Energie in Teufelei. „Genau das tut er jetzt", dachte Belknap, „und Gott helfe jemandem. Irgendwie glaube ich, dass Gott ihm zur Abwechslung helfen soll." Aber er war nicht darauf vorbereitet, so recht zu haben, wie er sich herausstellte.

„Nicht unbedingt im Ausland. Aber vielleicht doch, im weitesten Sinne. Setzen Sie sich, Belknap, und wir reden, wenn es Ihnen nichts ausmacht, mit leerem Magen ernst zu sein. Die Getränke kommen gleich."

„Feuer frei, Mann, nur zu. Du lässt die Dinge jetzt nicht nur geheimnisvoll, sondern auch ziemlich wichtig klingen. Was geht dich das *an* ?"

„Es ist mir sehr viel, fürchte ich. Es scheint, ich habe nur wenig Geduld, Belknap. Ich bin zum Tode verurteilt. Die Ärzte haben mir sechs Monate gegeben – oder ‚mit etwas Glück', wie sie es nennen, ein oder zwei zusätzliche."

„Gütiger Gott! Ich habe dich immer für einen der Stärksten gehalten. Was *ist* los? Whittaker, es tut mir leid – es tut mir schrecklich leid. Kann ich irgendwas tun?"

„Ja, das gibt es." Ein Anflug von boshaftem Humor kam und ging in Whittakers Augen. „Aber dazu kommen wir gleich. Ich sterbe an Krebs. In einer schlimmen Lage. Ich werde Schmerzen haben, und zwar große Schmerzen; mehr, als ich ertragen kann, schätze ich. ‚Noch sechs Monate zu leben.' Für Sie mag das kurz genug klingen, aber für mich klingt es wie eine Ewigkeit. Sechs *Wochen* , ja; ich hätte sechs Wochen lang die Zähne zusammenbeißen können. Aber das ist ungefähr meine Grenze."

„Sie meinen – es ist Selbstmord?", fragte Belknap und tat sein Bestes, um der Situation entsprechend nicht die maßlose Ungeduld zu zeigen, die man ihm gegenüber an den Tag gelegt hatte, als er starb.

„Nein-o, nicht streng genommen. Allerdings habe ich immer behauptet, dass Selbstmord unter solchen Umständen gerechtfertigt ist. Und ich habe letzte Woche zu diesem Zweck einen sehr hübschen kleinen Colt gekauft. Aber ich habe es mir noch einmal überlegt. Ich war ein Mann, der das Gefühl hatte, immer wieder zu gehen und zu kommen. Das können Sie bezeugen, Belknap. Warum sollte man dann diesen besonderen Abgang langweilig und unromantisch gestalten, ohne dass mehr darüber gesagt wird als: „Mr. Bertrand Whittaker litt unter einer Krankheit, und es wird angenommen, dass … usw. usw.' Du kennst die Linie. Also, wie gesagt, ich habe nicht geschossen. Denn hier bot sich die perfekte Gelegenheit, mit Leben und Tod an die Grenzen zu gehen, nichts zu verlieren, was nicht auch ein Gewinn wäre. Mit anderen Worten: Ich könnte ein bisschen Erinnerung hinterlassen – zum Gedenken. Und, mein Lieber, ich bin auf eine Idee gekommen, mit der selbst Sie wahrscheinlich nicht mithalten können."

Belknaps Gesicht war ein Mosaik aus verschiedenen Ausdrücken: eine Art Mitgefühl, eifrige Neugier, Misstrauen und drohende Missbilligung. Ein Mann mit Whittakers bösen Neigungen konnte beträchtlichen Schaden anrichten, wenn er, wie jetzt, gezwungen wurde, sich zurückzuziehen.

„Denken Sie zweimal nach, Whittaker", warnte ihn Belknap ruhig, „bevor Sie mir Ihre Idee auch nur mitteilen. Wir können es hier und jetzt aufgeben. Ich verspreche, keine Fragen zu stellen. Denken Sie daran, dass das Urteil eines Arztes ebenso oft revidiert wurde wie das eines Richters! Seien Sie beim ersten Schock nicht voreilig."

„Ich bin nicht voreilig. Das ist eine Gewissheit, deren Zeuge mein Fleisch und meine Knochen sind. Um ehrlich zu sein, haben mich die Ärzte nicht überrascht. Aber ich hatte eher damit gerechnet, sozusagen vor Gericht gestellt zu werden und unter dem Messer zu sterben. Kein solches Glück. Es sind also meine sechs Monate oder mein Wochenende, und ich werde es zum Wochenende machen. Wenn mir das nicht gelingt, kann ich jederzeit auf die Pistole zurückgreifen. Wenn man zwei und zwei zusammenzählt, verstehen Sie langsam, was ich meine?"

„Das kann ich nicht im Geringsten behaupten. Ich glaube, ich bin dumm."

„Für einen Detektiv sind Sie das, denke ich. Nun, um das Kind beim Namen zu nennen: Ich habe vor, ermordet zu werden – und Sie werden dabei sein, um den Mörder zu fassen. Ist das klar genug?" Belknap konzentrierte sich, ohne mit der Wimper zu zucken, düster auf einen Punkt irgendwo zwischen sich und der Decke. Whittaker musterte ihn heimlich und verstohlen unter seinen überhängenden Brauen. Die Atmosphäre neigte dazu, sich zu verdichten, bevor Belknap sich wieder auf die Notwendigkeit des Sprechens konzentrierte.

„Vielen Dank", sagte er mit einem harten, ironischen Lächeln, „für diese unglaubliche Gelegenheit. Es verschlägt mir den Atem. Zweifellos würde ich drastische Anstrengungen unternehmen, um Ihre Absicht zu ändern, so wie man einen Mann zurückhalten muss, der im Begriff ist, von der Brooklyn Bridge zu springen. Aber ich gebe zu, dass ich ehrlich gesagt neugierig auf die Einzelheiten bin. Bevor ich Sie also, metaphorisch gesprochen, am Hals packe, lassen Sie uns mehr hören."

Whittakers Körper gab nach einer leichten Versteifung der Form seines Stuhls nach.

„Ich freue mich, dass Ihre erste Reaktion Neugier *ist*, Belknap; denn in diesem Fall bin ich mir sicher, dass ich irgendwann Ihr Interesse für die bizarren und dramatischen Elemente der Situation wecken kann. Ich befürchtete, Sie würden die Kanzel, die Bank oder den Stand der bloßen Freundschaft besteigen, mir einen moralischen Vortrag halten und Ihren Haustierspezialisten für einen Termin anrufen. „In diesem Fall", fügte er mit leichtem Spott hinzu, „hätte ich auf Ihren Rivalen Silas Berry zurückgreifen sollen. Sie sehen also, ich *bin* entschlossen. Und soweit so gut. Ich schwöre, es hat großen Spaß gemacht, alles zu arrangieren."

"Wie zum Beispiel?"

„Nun, zum einen das, was ich meinen Munitionsvorrat nenne. Obwohl ich eine ganze Handvoll früherer und daher potenzieller Mörder auf meiner Besuchsliste habe, war es eine andere Sache, genug von der richtigen Sorte zusammenzubringen, um ein angenehmes Wochenende zu gewährleisten, und zwar ein Wochenende, das, wie Sie sehen können für Sie selbst, kann auf unbestimmte Zeit verlängert werden – für *sie* ! Einige meiner angesehensten Lieblingsmörder sind im Ausland. Aber ich habe mindestens acht geschafft. Wünschen Sie eine kurze Zusammenfassung? Natürlich sind Ihnen einige davon bekannt.“

Belknap versuchte, Lässigkeit mit Lässigkeit zu verbinden. Er beugte sich vor und zündete eine Tischlampe an.

„Darf ich fragen, wie viele davon im Haus sind? Und wie schnell können wir mit Maßnahmen rechnen? Es könnte leicht sein, dass wir ein Paar haben, Whittaker, bevor wir durch sind. Ein mehr oder weniger berühmter Detektiv, der am Tatort herumschwebt, könnte eher als ernsthafte Behinderung angesehen werden.“

Und in diesem Moment war John, der mit einem Tablett hereinkam, für die erschreckte Bewegung beider Männer verantwortlich. Whittaker bemerkte es, während er jedem von ihnen einen Highball einschenkte.

„Anscheinend hat der sichere Tod meinen Selbsterhaltungstrieb noch nicht gestillt. Natürlich kann man nicht in einer Woche fünfzig Jahre Lebensenergie und Lebenswillen zerstören.“

„Hören Sie, alter Hase, sind Sie sich auch jetzt noch sicher, dass dies der beste Ausweg für Sie ist? Was ist mit der Buße und der Kirche? Machen Sie es gründlich, meine ich, und versuchen Sie es mit dem Himmlischen Chor. Du bist ein zu guter Tenor, um ihn zu verschwenden.“

Whittaker lachte.

„Ein zu guter Teufel, um ihn zu verschwenden, Belknap. Besser Teufel als Tenor, denke ich. Nein, ich gehe in einem Feuer und Schwefel unter – keine Kerzen für mich ... Aha! Ich höre jemanden ankommen. Möglicherweise Blake. Er kam mit dem Auto aus Southampton.“

Drittes Kapitel

Als sie am Fenster standen und Belknap über Whittakers Schulter blickte, sahen sie, wie Blake leichtfüßig aus dem Sitz seines Ford-Cabriolets sprang, durch das Rumpeln seine Taschen aus der Hand warf, zurücksprang und um die Ecke zur Garage raste.

Belknap legte eine Hand auf Whittakers Arm und brachte ihn grob herum.

„Warum Blake in die Sache einweihen?", fragte er und seine Stimme nahm eine tödliche Lautstärke an. Auch seine Lippen formten eine gerade Linie und in dem Spalt dazwischen waren seine Zähne weiß zu sehen. „Schließlich ist er ein *zu* guter Freund, nicht wahr, von dir *und* mir? Was soll das Ganze?"

„Er *ist* ein Freund, alter Mann, das stimmt." Whittaker wischte leise Belknaps Hand von seinem Ärmel und wandte sich ab. „Aber was sind mir Freunde, echte oder falsche, jetzt schon wert? ‚Weniger als der Staub.' Außerdem ist Blake ein Meisterschütze – und noch dazu ein Sportsmann. Auch wenn Sie so brillant bewiesen haben, dass er Stanton nicht erschossen hat, war es genau die Art von Schießerei, die er hätte tun können, das wissen Sie. Er kennt keine Gnade gegenüber Männern, die Schulden machen oder Frauen entehren. Eine Art fahrender Ritter – rettet Situationen im letzten Moment. Dass er es in den meisten Fällen bequem findet, eine Waffe zu benutzen, ist nicht *seine* Schuld. Ich kann mir sogar vorstellen, wie er mir einen ‚guten Gefallen' tut, wie er es nennen würde, indem er mich nach einem Whisky mit Soda ausführt und mit der Großzügigkeit von Sorrell und Sohn ein Loch in mich an der Gartenmauer schießt: ‚Wir dürfen den armen Teufel nicht leiden lassen.' Ja, Belknap, Sie müssen zugeben, dass er aus meiner Sicht eine großartige Aussicht hat. Ich kann nichts dafür, dass Sie Skrupel haben, ihm auf die Schliche zu kommen."

„Bei allem, was heilig ist, Sie sind mir zu hoch, Whittaker."

„Wenn du damit meinst, dass ich jenseits aller Grenzen stehe, dann tue ich das. Und es ist mir egal. Es mag ein Leben im Tod geben oder nicht, aber dass es einen Tod im Leben gibt, finde ich gerade heraus. Also, was soll's!"

„Genug gesagt, Whittaker. Wir lassen es dabei. Ich fange an zu verstehen, dass es ‚was zur Hölle' *ist* und noch mehr." Belknap ging auf und ab, die Hände tief in den Taschen vergraben. Er blieb vor Whittaker stehen und fragte: „Ich habe eine Frage, bevor wir weitermachen. Was ist das für ein Streichholz, das die Zündschnur entzündet, die das Haus in die Luft jagt, das Bertrand gebaut hat?"

„Ein gutes Spiel, Ordway, getränkt mit Teer, Pech und Terpentin. Ich veröffentliche mein Tagebuch. Es ist ein umfangreiches, gut gefülltes, wahrheitsgetreues Tagebuch voller Sensationen. In einer Zeit, in der Geständnisse und Enthüllungen so gefragt sind, schien es schade, nicht mit der Zeit Schritt zu halten. Hearst schenkt mir ungesehen ein kleines Vermögen für mein Vermögen, und es geht in meinem Testament zusammen mit allem, was ich sonst noch besitze, an meine Nichte Joel – es sei denn natürlich, dieses Wochenende macht es für sie nutzlos; in welchem Fall-"

„Joel Lacey! Sehen Sie, Whittaker, Sie sind verrückt! Ich habe mich um Joel gekümmert, und das weißt du, denn sie war zu jung, um die Bedeutung des Wortes Liebe zu kennen. Sie ist zum Mord unfähig. Aber wenn sie ein Verbrechen begangen *hätte* und Sie sie im Stich ließen, müssten Sie mit mir rechnen."

"Hört hört! Die erste Drohung, und zwar von meinem Leibwächter. Überprüfen Sie es zu Gunsten von Berry. Es kommt vor, mein Lieber, dass Ihre Einschätzung von Joels Charakter, wie die aller wahren Liebenden, falsch ist. Joel ist eine Mörderin. Ihr Mann war kein Selbstmörder. Oh, sie hatte genug Anreiz, schätze ich. Und in gewisser Hinsicht war es kaum ein Mord: Sie forderte ihn zu einem Duell heraus, aber er machte sich über die bloße Idee lustig. Also schoss sie trotzdem und kam zu mir, um sich zu ergeben. Ich habe sie zum Schweigen gebracht. Und was das Zulassen anging, sie auf all das einzulassen – nun ja, ich brauchte sie. Mir fehlten Frauen für den Esstisch. Sonst hätte ich mich nicht um sie gekümmert, denn meine Hoffnungen ruhen nicht allzu sehr auf ihr, das kann ich Ihnen versichern."

„Ich hätte denken sollen, dass es dir *vielleicht* an Frauen mangelt. Wer sind übrigens die anderen?"

„Romany Monte Video zum Beispiel. Der Unfall in „*The Renegade Lover*", bei dem sie ihren Ehemann (der privat nicht ihr Ehemann war) mit einem Klappdolch tötete, der nicht zusammenbrach, war kein Unfall. Der Dolch sollte in dieser Nacht nicht zusammenklappen."

„Bertrand, du bist ein Schurke. Wann hast du Romanes verlassen?"

"Jahre zuvor. Ich habe sie nicht im Stich gelassen. Sie hat mich verlassen für – Oh, ich kann mich nicht einmal erinnern, es waren so viele."

„Das ist keine Entschuldigung für einen solchen Verrat. Wer sonst?"

„Nadia Mdevani. Ich glaube, Sie haben sie hier ein- oder zweimal getroffen und kennen sie natürlich aus beruflicher Sicht. Nicht, dass ihr jemals etwas nachgewiesen worden wäre, ganz im Gegenteil, und doch wurde sie in den letzten zehn Jahren fast immer verhört, wo es hier oder im Ausland einen politischen Mord gab. Ich würde spontan sagen, dass sie wahrscheinlich das Werkzeug eines mächtigen internationalen Rings von Regierungsmördern ist. Aber ihre gesellschaftliche Stellung ist unbestritten, ihre Kultur und ihr Witz sind hervorragend und ihre Schönheit ist ein Traum. Ich kann Ihnen jetzt sagen, was ich unter anderen Umständen nicht gesagt hätte, dass sie und ich – nennen wir es Freunde – waren, doch habe ich ihr kein Wort von dem gesagt, was ich instinktiv als wahr weiß: dass sie zwanzigmal eine Mörderin ist."

Belknap zuckte mit den Schultern, um ein starkes, unbändiges Schaudern zu verbergen.

„Du bist ein mutigerer Mann als ich, Gunga Din. Aber im Notfall wusste ich schon immer, dass du es warst. Ist das der Tribut der Frauen?"

„Da ist noch einer. Sie ist keine Mörderin, aber eine potentielle Mörderin, denn ich glaube, sie weiß, dass ihr Mann vor Jahren einen Mann getötet hat. Bis vor kurzem, als Romany leider noch mit ihm zusammen war, waren Neil und Sydney Crawford Hand in Hand in einer Ehe, die ich gerne als Ehe bezeichnete. Er ist Bankier; – lebt hier draußen in Blue Acres; respektiert, ja geliebt von jedem, der ihn kennt; und das Gleiche gilt auch für Sydney. Als Jugendlicher geriet er versehentlich in eine Bande von Jungen auf den Straßen von New York, und später stellte sich heraus, dass es sich tatsächlich um eine Bande handelte. Als Crawford seinen wilden Hafer säte und Kartenschulden angehäuft hatte, die weit über alles hinausgingen, was sein Vater seiner Meinung nach bezahlen konnte, akzeptierte er ein Honorar dafür, dass er die Karriere eines Drogenschmugglers abgebrochen hatte. Es war sein wildester Hafer. Er wandte sich einem sehr sauberen Blatt zu; Aber ich denke, er würde jetzt alles tun, um seinen Namen für Sydney und die Kinder zu retten. Und sie würde dasselbe von ihm tun."

„Großartig! Weiter. Das ist zu schön, um wahr zu sein. Es ist wirklich eine so süße Umkehrung der Form – man erwartet, dass die schwarzen Eier schlüpfen. Ist das da draußen nicht Julian Prentice mit Joel? Wen hat *er* umgebracht – seine verkrüppelte Großmutter oder so was?"

„Nicht so schlimm – sonst hätte ich ihn nicht mit Joel verloben lassen. Nein, er hat bloß einen Jungen ertränkt, der ihn während der Aufnahmezeremonie für Erstsemester an der Universität beinahe ertränkt hätte. Er hat dafür einen Krampf vorgetäuscht. Alles schien zufällig, und natürlich galt die Sympathie sowieso Julian. Es gibt noch einen anderen, der den vierten Mann ausmacht – unabhängig von uns, und wir zählen nicht. Milton Dorn, ich bezweifle, dass Sie ihn kennen. Er ist ein fähiger Chirurg; aber er hat auch ein geheimes Labor oder einen Operationssaal, wo er an dem bei Bewusstsein befindlichen Fleisch experimentiert, bis zu dem Punkt, aber nicht darüber hinaus, an dem noch Leben vorhanden ist. Ich nehme an, das ist alles, was Sie über ihn wissen müssen."

„Absolut! Mich wundert nur, dass Sie nicht direkt bei ihm um Freilassung gebeten haben."

„Das habe ich mir auch gedacht. Aber wie gesagt, er hackt eine lange Strecke und ich suche eine kurze. So, Belknap, ich schätze, das erzählt die Geschichte in Kürze, oder?"

„Nein, nicht ganz, Richter. Es gibt einen Punkt, über den ich aufgeklärt werden muss, mit einem hellen, hellen Licht. Wo komme ich ins Spiel?"

„Ich dachte, das hätte ich klar gemacht. Sie sind hier, um Spaß zu haben, aber um ein Spielverderber zu sein."

„Das meine ich nicht, Whittaker."

„Sie meinen das Tagebuch – Mann, Mann, es macht Sie zu einem Helden. Meine Bewunderung steht ihm ins Gesicht geschrieben. Vielleicht sollte es das nicht sein. *Haben* Sie einen Mord begangen?"

Belknap lachte. „Es ist nicht der richtige Zeitpunkt, es genau zuzugeben, oder?"

Schweigen breitete sich zwischen ihnen aus. Belknap unterbrach es mit einer weiteren Frage.

„Wann lässt du es springen?“

„Ich dachte, ich könnte es beim Abendessen ansprechen. Unaufdringlich. Beiläufigkeit wird sie zunächst verwirren. Der Schrecken der Situation wird ihnen nach und nach bewusst werden.“

„Hat irgendjemand eine Ahnung?“

"Niemand. Außer vielleicht Nadia. Neulich erwähnte ich ihr gegenüber, dass es Spaß machen würde, mein Tagebuch wörtlich zu veröffentlichen, wenn man bedenkt, wie viele Dinge darin enthalten sind. Ihre Antwort war, dass ich es wahrscheinlich nie in gedruckter Form erleben würde, wenn ich es vorschlagen würde. Das klingt hoffnungsvoll. Oh, natürlich darf überhaupt nichts passieren. Sie entscheiden sich möglicherweise dafür, ihre Medizin gegen das Alte einzunehmen, anstatt mit dem Neuen weiterzumachen. Ich denke, das wäre meine Lösung, vorausgesetzt, ich wäre in ihrer Lage. Und dann kann wieder alles passieren. Psychologisch gesehen ist es eine ziemliche Anleitung. Ein halbes Dutzend Mörder zusammenzubringen, sogar zivilisierte (je zivilisierter, desto interessanter), ergibt ein seltsames Durcheinander.“

„Ich fürchte, seltsamer als du denkst. Zwischen Ihren Protagonisten besteht ein Zusammenhang geheimer Strömungen, der verheerende Folgen haben dürfte. Möglicherweise sind Sie nicht einmal der einzige Verletzte. Was ist mit der Polizei?“

„Natürlich sofort anrufen. Die Mordkommission würde Ihnen bestimmt gern Berry zur Hilfe schicken, wenn Sie das vorschlagen. Und wie wäre es, wenn Sie sich zum Abendessen schick machen?“

„Passt mir.“ Belknap legte eine Hand auf Whittakers Schulter, als sie sich an der Tür trennten.

„Whittaker“, sagte er sanft, „ich weiß nicht genau, was ich sagen soll. Ich muss mir mein Urteil bis später aufheben. Aber lassen Sie mich noch einmal sagen, dass ich die Umstände, die uns in diese prekäre Lage gebracht haben, aufrichtig bedauere. Denn selbst ich kann mir nicht vorstellen, mich jetzt zurückzuziehen. Ich kann mir die Chance auf so viel Aufregung nicht entgehen lassen, wenn schon nichts anderes“, fügte er mit einem Anflug eines Lächelns hinzu.

„ *Dachte ich mir* , du könntest es nicht, Junge.“ Whittaker betonte den scharfsinnigen, listigen Akzent seiner Yankee-Vorfahren.

IV

Die luxuriöse Behaglichkeit und die leisen, gut geölten Maschinen in Thorngate ließen nicht den geringsten Hinweis auf den Wurm in ihrem Herzen erkennen. Die Diener glitten die lange, gewundene, mit Teppich ausgelegte Treppe hinauf, um ihre Besorgungen zu erledigen, und die Gäste wiederum kamen leise, einzeln oder zu zweit, herunter, mit einem schwachen Schimmer von Juwelen, bunter Seide und weißen Hemdblusen in den Fluren mit Kerzen beleuchtet.

Belknap hatte sich schnell angezogen, um als Erster im Salon zu sein. Er hatte das Gefühl, dass er jeden Moment an vorderster Front gebraucht werden könnte und dass keine Zeit unter der Dusche oder vor einem Spiegel verschwendet werden sollte. Sein Vertrauen in Whittaker war nicht so groß, dass er ihm hätte versichern können, dass er ehrlich gesagt hatte, dass niemand sich der drohenden Schwierigkeiten auch nur im Geringsten bewusst war. Und es bestand durchaus die Möglichkeit, dass jemand mit Vorschuss durchkam und mit einem Mord davonkam!

Obwohl er schon fünfzig Mal im Empfangsraum war, der zugleich Bibliothek und Arbeitszimmer war, betrachtete Belknap ihn mit gewecktem Interesse. Es war offensichtlich, dass Whittaker eine Vorliebe für Täfelungen und Ölporträts, mittelalterliche Wandteppiche und hochflorige Teppiche hatte. Hier bildeten Wandteppiche die Wandverkleidung vom Boden bis zur Decke: keiner von außergewöhnlichem Wert außer dem Gobelin über dem Kaminsims, aber alle gleichermaßen schön in Farbe und Textur. Ein Impuls, der unter den gegebenen Umständen vielleicht nicht so seltsam war, veranlasste Belknap, zu testen, was unmittelbar hinter der Oberfläche des gewebten Stoffes lag, und fand Platz, soweit die Dehnung seiner Hand nachgeben konnte. Er versuchte es an verschiedenen Stellen und stellte fest, dass es überall gleich war; und er erinnerte sich, gehört zu haben, dass dies die sicherste Art sei, Wandteppiche gegen den Angriff von Insekten und Feuchtigkeit aufzuhängen. Praktisch zu wissen, dachte er. Er war damit beschäftigt, den Eingang der Bediensteten zu diesem Zwischengang ausfindig zu machen, als ihm allmählich bewusst wurde, dass jemand anderes den Raum betreten hatte.

Er drehte sich mit betonter Unbekümmertheit um und begegnete dem Blick einer großen, auffallend gutaussehenden Frau, die ihn fragend ansah. Sie trug ein schwarzes Etuikleid mit purpurroten Accessoires, zu denen die ovalen Nägel spitz zulaufender Finger und die klar geschnittenen Lippen eines eigensinnigen Mundes gehörten. Das purpurrote Taschentuch, das an ihren Granatarmbändern befestigt war, schwebte bei jeder kleinsten Bewegung ihres Arms leicht auf und ab. Das Zigarettenetui aus scharlachrotem Email, das sie mit einer geschickten Handbewegung öffnete, um sich mit der anderen zu bedienen, glänzte wie glimmende Kohle.

Er hatte Nadia Mdevani mehrmals mit Whittaker getroffen; und er hatte die Beziehung zwischen ihnen vage erkannt, aber kaum darüber nachgedacht; außer, dass er sich einmal instinktiv von einem Fall zurückgezogen hatte, in dem ihr Name mehr oder weniger auffällig vorgekommen war. Das Gefühl ihrer Schuld war ihm auf den Flügeln einer seiner, wie er es nannte, wilden Vermutungen vermittelt worden, und er erwies Whittaker die Höflichkeit, es gut genug in Ruhe zu lassen. Zufälligerweise hatte sie sich mühelos befreit.

Als er sie jetzt ansah, wurde ihm klar, dass sie bei seinem Anblick innerlich beunruhigt war. Vielleicht sah sie in seiner bloßen Anwesenheit eine Bestätigung der schwachen Zweifel, die sie im Hinblick auf das Wochenende hegen würde. Aber ihre Haltung hielt perfekt – tatsächlich war es eine gewisse Überbetonung, die es ihm ermöglichte, das innere Zittern überhaupt zu bemerken.

„Ah, Herr Belknap!" rief sie in ihrem langsamen, heiseren Alt aus. „Wie schön, dich hier zu sehen. Oder sollte ich Sie Richter Belknap nennen – oder Detective Ordway Belknap? Ich bin mir nie sicher, welchen Ausdruck Sie ins Gesicht sagen. Hinter deinem Rücken nenne ich dich kurz Belknap."

„Lassen Sie uns alle vier wegwerfen und es einfach zu Ordway machen, in meinem Gesicht, wie Sie es ausdrücken, *und* hinter meinem Rücken. Und darf ich es schaffen, Nadia? Denken Sie daran, dass Bertrand für uns beide ein gleichermaßen lieber Freund ist. Sie sehen göttlich aus, Miss Nadia. Schwarz ist deine Farbe. Obwohl ich Sie gesehen habe, als ich dasselbe über Rot oder Weiß hätte sagen sollen. Rot und Weiß sind deine Kontraste. Heute Abend bist du zu einer einzigen lebendigen schwarzen Figur verschmolzen. Whistler hätte dich gemocht. Sie haben die Möglichkeit, einer Farbe etwas Besonderes zu verleihen, was den meisten Frauen nicht gelingt, anstatt sich von ihr erschaffen zu lassen. Mir wurde gesagt, dass Sie ein ähnliches Gespür für Situationen haben."

„Ich bin mir nicht ganz sicher, was Sie damit meinen oder ob es mir wirklich gefallen würde. Aber ich bin eitel genug, um mich von Ihrer Erinnerung an meine Kleider geschmeichelt zu fühlen, wenn man bedenkt, wie wenig Aufmerksamkeit Sie ihnen zu schenken schienen. Möchten Sie eins haben?"

Sie bot ihr ihre exquisite Schachtel an und ging auf sein „Nein, danke" zum Kamin, wo sie einen Fuß in einem purpurroten Pantoffel auf die Seitenleiste des Kamins stellte und, um anmutig das Gleichgewicht zu halten (eine Pose, dachte Belknap), eine Hand an die mit Wandteppichen verzierte Wand legte. Sie gab so weit nach, dass ihr Bild darunter litt.

„Ich hatte vergessen, dass diese Wandteppiche nur den Anschein von Wänden erwecken", murmelte sie. „Was für ein gemütlicher Ort für Ratten. Obwohl ich annehme, dass der Platz ursprünglich genau zu dem Zweck reserviert war, den Hamlet-Act gegen Ratten durchzuführen."

Belknap goss sich einen Fingerhut voll Scotch auf das Tablett, das auf dem Diwantisch bereitstand. Er kippte ihn hinunter und ließ den Nachgeschmack auf seiner Zunge kreisen, während er über die möglichen Feinheiten von Nadias Bemerkung nachdachte. Sie hatte ihr durch eine andere Betonung eine pikante Note verliehen. Ein Polonius und eine Ratte – so jedenfalls ließ es der Tonfall vermuten.

„Wir haben von Bertrand gesprochen", fuhr sie abrupt fort. „Finden Sie nicht, dass er wegen des Wochenendes ein wenig geheimnisvoll ist und meint, es gäbe einen *Grund*, warum wir hier sind? Warum sollte es einen Grund geben?"

„Es *sollte* nichts geben, Nadia, außer dass wir seine grenzenlose Gastfreundschaft genießen. Aber ich habe das Gefühl, jetzt, wo Sie es erwähnen", fuhr Belknap fort, bereit zu testen, wo ihre Wachsamkeit geweckt wurde, „dass Bertrand etwas im Ärmel hat. Möglicherweise eine Ankündigung; Er mag es, jede Nachricht eindrucksvoll zu machen. Möglicherweise hat er sein Hemd auf dem Markt verloren oder seine Großtante Emma hat ihm in Vermont ein Vermögen hinterlassen. Sie kennen Bertrand gut genug, um zu wissen, dass er beides mit dem gleichen Pomp feiern würde."

Er hörte den kleinen, flüsternden Seufzer, den Nadia plötzlich auslöste.

„Ich hoffe, es ist nichts Ernstes", sagte sie, mehr zu sich selbst als zu Belknap. Dann schnell: „Ist es das Tagebuch?" Sie fragte.

Belknap zögerte den Bruchteil einer Sekunde. Nadia Mdevani war allem Anschein nach gefährlich. Ihre Intelligenz, Furchtlosigkeit und Schönheit waren Dinge, die jedem Mann Sand in die Augen streuen konnten. Ihre Fähigkeit, sich mit einer Kraft, die größer war als ihre eigene, in den Griff zu bekommen, wie sie es jetzt tat, und sich von innen heraus freizukämpfen, hatte ihr viele Nahkämpfe eingebracht, die sie, wenn sie Schlag auf Schlag erwidert worden wäre, schon längst besiegt hätten. Doch Belknap sah im Moment keinen besseren Weg, als sich ihr zu nähern.

„Ja, es ist das Tagebuch", sagte er ruhig und stand gebannt da angesichts der außerordentlichen Schönheit ihres Gesichts, während die Farbe unter der elfenbeinfarbenen Haut aufstieg und die hohen, modellierten Konturen der Knochen darunter betonte. Er hätte nicht sagen können, ob sie mehr verärgert oder verletzt war.

„Wann?" Ihre leise Stimme blieb standhaft; sie ließ nicht die geringste Unruhe erkennen. „Wie viel Zeit bleibt uns, um uns damit zu befassen?"

Er war hingerissen von der Gelassenheit und Leichtigkeit ihrer scheinbaren Offenheit. Mit der Kaltblütigkeit eines erfahrenen Gegners nahm sie es mit ihm auf. Er konnte nichts weniger tun, als ihr in jeder Hinsicht Paroli zu bieten.

„Er hat vor, die Katze heute Abend aus dem Sack zu lassen. Aber es wird mehrere Tage lang nichts veröffentlicht."

"Danke schön. Ich weiß nicht, warum Sie so freundlich sind, Herr Detektiv, und mir Geschichten aus der Schule erzählen." Sie drehte sich ganz zu ihm um und schenkte ihm eines ihrer seltenen Lächeln, wobei sie ihre herabhängenden Augenlider so weit hob, dass zwei brennende Glanzlichter sichtbar wurden, wie zwei Sterne unter einem Wolkenrand. „Ich musste wissen, wie schnell der Sand davonlief. Selbst Sie können sie nicht beschleunigen oder verlangsamen. Und du würdest es auch nicht tun, wenn du könntest – denn du hast mich heute Abend zum ersten Mal wirklich gesehen", sagte sie mit der leichten Ironie, die er allmählich zu lieben begann, weil sie auf subtilere und skurrilere Weise seine eigene ausglich. "Darf ich?" Sie nahm eine Blume aus

einer Schüssel auf dem Tisch und brach sie für sein Knopfloch
ab. In diesem Moment musste er sich mit Bedauern von ihr
abwenden. Whittaker, der neben ihm stand, präsentierte die
Crawfords.

V

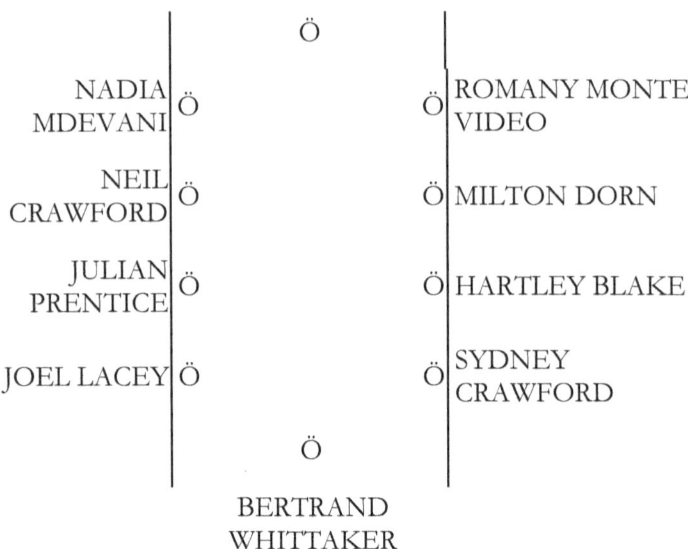

war die Art, wie sie beim Abendessen saßen.

Belknap bedauerte Miss Video zu seiner Linken. Er war einer der wenigen, die sich nie richtig in die Roma-Patteran verliebt hatten, wie er sie privat wegen ihres ständigen Stroms belanglosen Geschwätzes nannte, und sie deshalb nie gemocht hatte. Mit Romanes war das eine oder andere. Sie war ein sylphenähnliches Wesen mit riesigen Augen, einem kastanienbraunen Wiener Bob und einem unaufrichtigen Auftreten. Sie „brauchte" sie, wie Männer es ausdrückten, zuerst ihre Freundschaft, dann ihren Schutz, schließlich ihre Leidenschaft. Du konntest sie nicht irgendwie im Stich lassen, indem du sie enttäuschst. Sie sagten, sie sei schwach und leicht zu beeinflussen, und jeder der Reihe nach schmeichelte sich, er könne ihre Philosophie gegen eine verbitterte Welt stärken (eine Welt, die er verbittern half, wenn er es nur so sehen könnte) und ihr helfen, auf die Beine zu kommen. Doch irgendwie hatte sie diese Kunst, alleine zu gehen, nie gemeistert!

Belknap, der sich immer über gertenschlanke Naturen ärgerte, wünschte sie sich jetzt im kommenden Königreich. Er wollte die gefährlichen, aber bezaubernden Intimitäten erneuern, die sich schnell und seltsam zwischen ihm und Nadia Mdevani entwickelt hatten; und hier wäre seine Gelegenheit gewesen, mit Nadia an seiner Seite, die seltsame, beunruhigende Ströme den Arm hinaufschickte, der ihren fast streifte. Er spürte, wie ihr Geist unruhig und wild, verwirrt und wütend war und vor allem nach einem Ausweg suchte. Wenn es irgendjemandem gelingen sollte, Whittaker für immer zum Schweigen zu bringen, dann nicht, weil Nadia ihre Pläne aufgegeben hatte, sondern weil sie lange genug gezögert hatte, um ihre Pläne schlau und raffiniert zu gestalten. Jetzt, da die Würfel gefallen waren, schien sie sogar das zusätzliche Risiko, Belknap mit ihr in der Arena zu haben, eher zu genießen. Whittaker, der nach einer Beschreibung von Nadia gefragt worden wäre, hätte die offensichtlichen Dinge über rabenschwarze Locken und schneeweiße Haut gesagt, mit Augen, die zu freizügig waren, um sie zu zeigen. Nach diesem Abend hätte Belknap von ihr wie von einem brennenden Feuer mit Schwefelgeruch gesprochen. Während er Romanys unzähligen Gründen, die sich auf Eifersucht konzentrierten, warum sie nicht die Hauptrolle in *After Midnight bekommen hatte* , weniger als die Hälfte seiner verärgerten Aufmerksamkeit widmete, warf er verstohlen einen Blick auf Nadia. Ihr elfenbeinweißes und unbewegliches Gesicht sagte nichts aus. Er fragte sich, ob er sich vielleicht irrte, wenn er die Atmosphäre zwischen ihnen für so angespannt hielt. Sein abschätzender Blick wanderte den Tisch hinunter, schätzte Schönheit und Vornehmheit, wo er sie fand, und blieb bei Joel stehen – dem lieben Joel, vielleicht nicht schön, aber lieb aussehend. Belknap hatte sie auf seine Art geliebt; aber um seines Junggesellendaseins willen (er war kein selbstloser Mann) und um ihrer Jugend willen hatte er nie mit ihr darüber gesprochen. Während er unerschütterlich in eine Nacht blickte, die für sie alle schrecklich werden konnte, empfand er einen besonderen Schmerz für sie. Sie sprach mit *gedämpfter Stimme* mit Julian:

„Psst, Liebling, die Leute hören zu.“

„Dann Liebling, noch Liebling, ganz Liebling.“

„ *Bitte nicht* !“

„Ich möchte deine bernsteinfarbenen Augen sehen, nicht den Hinterkopf eines blattbraunen Kopfes.“

„Sagen Sie so etwas nicht bei Tisch. Sprechen Sie, wenn Sie angesprochen werden.“

„Kannst du nicht etwas Nettes zu mir sagen?“

Sie drehte sich unter ihren Wimpern halb weinend, halb lachend zu ihm um.

„Oh, mein Liebster, ist es wirklich so schlimm?"

„Schlimmer, Joel, viel schlimmer."

Natürlich musste es ein Traum sein, und zwar ein sehr schlechter, dass Whittaker Dinge über Krebs und Mord und Mörder gesagt hatte. Umso mehr, wenn man Whittaker selbst ansah, wie er freundlich, wenn auch vielleicht mit einem zusätzlichen Schuss grauer Blässe, am Kopfende seines Tisches saß und seinen Champagner hob, um mit Sydney Crawford anzustoßen: „Auf die Lippen, auf die Augen." Schon wieder das Stein-Lied! Würde seine Wiederbelebung nie vergehen? Doch es traf heute Abend auf Whittakers Tisch vollkommen zu. Jede Frau auf ihre Art war so schön, so vital, so bereit, sich zu profilieren, wie es sich ein Mann nur wünschen konnte. Sogar Sydney, die ihrem Mann herausforderndes Lachen entgegenbrachte, erwiderte Hartley Blakes Ausfälle mit gleicher Münze. Sydney war heute Abend offensichtlich merkwürdig, mit einer schärferen Farbe, leuchtenderen Augen und einer Unbekümmertheit der Gefühle, die Ärger bedeuten könnte. Hatten Neil und Romany es an Diskretion versäumt?

Blake war in gewohnt hervorragender Form; und es war deutlich zu sehen, dass selbst die aufgeregte Sydney seinen Witz für zu gut hielt, um ihn ganz für eine Frau auszugeben. Also warf er es Dorn mit leicht erhobener Stimme über die rechte Schulter zu. Dorn wirkte jedoch auf düstere Weise teilnahmslos, und da er ein Mann der wenigen Worte war, schien es wahrscheinlich, dass Blake nie erfahren würde, ob seine entzückenden Leichtfertigkeiten und Übertreibungen gewürdigt wurden. Dann wusste er plötzlich:

„Was mich betrifft", bemerkte Dorn insbesondere zu seinen Nebenpartnern und am Rande zum Tisch, „habe ich mir kürzlich vorgenommen, zu schweigen, es sei denn, ich habe das Gefühl, dass ich definitiv etwas Sinnvolles zu dem Gespräch beitragen kann." Zeit und Energie werden wahllos mit dem Sinnlosen, Wiederholenden und Plattitüden verschwendet. Wenn wir unseren Mund halten könnten, bis sie von der wahren Idee, der absoluten Notwendigkeit des Sprechens, befreit würden, gäbe es zumindest viel weniger Lärm und möglicherweise eine Rückkehr zur Kunst des Denkens, die derzeit verloren ist."

Es war eine beleidigende und unter den gegebenen Umständen unangebrachte Bemerkung. Romany, die zur Abwechslung geradezu niedergeschlagen aussah, brauchte vielleicht einen scharfen Tadel (sie wurde nicht an einem Tag unterdrückt), aber Blake war zwar ein eingefleischter Redner, aber ein brillanter Redner. Seine hohe Hautfarbe zeigte eine solche Wut, dass die Beherrschung seiner ersten Worte überraschend war.

„Ich würde es nicht nur halten, Dorn, ich würde es an deiner Stelle auch beißen.“

Die Stille, die im Raum herrschte, war tief und bedrohlich. Aber es bot Whittaker die Gelegenheit, Dorn und Blake nicht nur abzulenken, sondern auch die Aufmerksamkeit auf sich zu lenken. Hier konnte er wie Jason seinen Stein zwischen die Zähne des Drachen werfen.

„Ich glaube, dass ich einen Beitrag zum Gespräch und zum Zeitvertreib des Abends leisten kann, und ich hoffe, dass dies auch für die Nachwelt gilt. “

Belknap wusste, ohne in ihre Richtung zu blicken, dass Nadia sich bei diesen Worten versteifte und aufrichtete. Die anderen richteten ihren Blick erwartungsvoll auf Whittaker, ohne jedoch eine Vorahnung zu erwecken.

„Ich hatte vor, Sie über meine Absichten zu informieren, wenn sie nicht länger Absicht sind, sondern Wirklichkeit werden. Mit anderen Worten, Sie sollten erst von der Veröffentlichung meiner Memoiren erfahren, wenn Sie sie im Druck sehen. Aber ich kann es mir wirklich nicht verkneifen, schon im Voraus ein wenig zu prahlen, und ich dachte, ich könnte der versammelten Gesellschaft nach dem Abendessen ein paar Bruchstücke daraus vorlesen, bevor wir zur Brücke hinuntergehen.“

„Oh, wie wunderbar von dir, Onkel Bertrand“, rief Joel aus, der ihm, wie sie dachte, gern helfen wollte, den peinlichen Moment zu überstehen. „Ich wusste nicht, dass du schreibst. Du hast so viele Eisen im Feuer, wie *hast* du die Zeit gefunden, ein Buch zu schreiben? Aber es muss ziemlich viel Spaß gemacht haben, dir ist so viel passiert.“

„Es ist nicht neu, Joel; es wurde in den verschiedensten Momenten über einen Zeitraum von zwanzig Jahren geschrieben. Mit anderen Worten, es ist mein Tagebuch. Aber es *ist* vollgepackt mit Material und allen möglichen Dingen. Jeder ist darin. Oh ja, ihr seid alle da, meine Lieben.“

„Du redest wie Rotkäppchens Wolf, Bertrand", sagte Nadia mit kalter Schärfe, und bei ihrem Tonfall überkam sie alle die erste Kälte, wie der erste Herbstfrost. „Was genau meinst du, wenn du sagst, wir sind mittendrin?"

„Genau das, Nadia, Liebling. Ich hoffe, du lebst das Leben, so wie ich es bestimmt auch tue."

„Du meinst, es ist eine Charakterdarstellung deiner Freunde und Feinde und zugleich eine Offenbarung deiner eigenen Natur – du Sünder", fügte sie mit bitterer Leichtigkeit hinzu.

„Sie bringen es auf den Punkt."

Blake hat gesprochen.

„Mit welchem Recht verrät man seine Freunde – selbst wenn es um die Literatur geht? Und Sie werden mir verzeihen, Whittaker, wenn ich an den literarischen Verdiensten Ihrer Feder zweifele."

„Durch das moderne Recht, der Öffentlichkeit das zu geben, wonach sie sich sehnt und wofür sie bezahlt: die Offenbarung des Bösen, je schlimmer, desto besser. Früher habe ich so das wahre Licht gefunden, heute bin ich so direkt in die Hölle gestürzt."

„Wie du es vielleicht gemacht hast, aber nicht wie ich."

„In den meisten Fällen liegt das eine eng mit dem anderen zusammen, fürchte ich. Es ist natürlich eine Platitüde (ich bitte um Entschuldigung, Dorn), zu sagen, dass keiner von uns allein sündigen kann, aber es ist trotzdem wahr. Sogar die Person, die die Geschichte eines Verbrechens hört, ist irgendwie betroffen. Ich habe das Bedürfnis, reinen Tisch zu machen, von den Dingen, die ich gehört und begangen habe."

„Ich bezweifle, dass Sie damit Freifahrtscheine bekommen, vorausgesetzt, Ihr geplanter Plan klappt. Mark, ich sage geplant."

„Ist das dein Handschuh, Blake? Du musst Handschuhe zu einem günstigeren Preis bekommen können."

„Mein Handschuh, ja, aber er verbirgt nicht den Dolch darunter."

„Ich treffe Sie, wo und wann Sie möchten."

„Mit Ordway Belknap als Ihrem Stellvertreter, nehme ich an? Nein danke, es gibt sicherere Wege."

„Dann beeil dich, Mann", rief Whittaker mit plötzlich gebrochener Stimme, während ihm der Tau des intensiven

Schmerzes auf der Stirn stand und er ein wenig nach vorne über den Tisch sackte. „Die Zeit ist für uns beide knapp."

„Schnell, Mr. Belknap", rief Nadia, „Romany wird ohnmächtig."

Am schwersten traf es die *Roma* .

VI

Eine halbe Stunde später empfand ich die Atmosphäre in der Bibliothek als alles andere als angenehm, ja fast bis zum Zerreißen angespannt. Whittakers langsames Gift begann zu wirken. Er ignorierte das bedrohliche Aufziehen der Wolken und hatte ruhig, aber bestimmt den Plan in die Tat umgesetzt, ein paar Seiten aus dem Tagebuch vorzulesen. Mit boshafter Lässigkeit hatte er jedem, der mehr Lust auf Billard oder Bridge hatte, den Rückzug empfohlen: „Du kennst das Billardzimmer, Blake. Machen Sie ein Spiel, wenn es Ihnen passt. Es ist nicht besonders aufregend, wenn ein alter Mann über seine Erinnerungen an andere Tage murmelt. Ich dachte nur, dass ein oder zwei von euch vielleicht einen Moment Pause in der Beschäftigung des Tages bevorzugen würden, den ich verführen könnte, selbst wenn ich euch einschlafen ließe." Aber abgesehen von Dorn, der sich direkt nach dem Abendessen mit „Ärzte, wissen Sie, Whittaker" entschuldigt hatte. Es tut mir furchtbar leid. „Morgen werde ich versuchen, zurückzukommen." Es gab niemanden, der die Kraft hatte, sich vom Spinnenzimmer fernzuhalten. Allerdings hatte es für einen Moment so ausgesehen, als würde Belknap Dorns Beispiel folgen: „Kommen Sie, sagen Sie mir nicht, dass Sie auch weg sind?" Whittakers Ton war halb spöttisch, halb drohend, als er unentschlossen im Flur stand und mit dem Türriegel spielte. „Oh nein", hatte Belknap mit ungeduldiger Schärfe geantwortet. „Kaum so! Ich kann einen kleinen Beitrag zum Vergnügen des Abends leisten. Es ist im Auto. Ich komme wieder." Im Handumdrehen hatte er mehrere Flaschen von dem, wie er sagte, 11er-Champagner bei sich, der, wie Whittaker wusste, aus einem der besten Weinkeller New Yorks stammte.

Aber niemand sonst schenkte dem Geschenk, das Belknap mit übertriebener Sorgfalt auf dem Tablett mit kristallklaren Karaffen und dunkelhellen Flaschen arrangierte, auch nur einen aufmerksamen Blick. Neugier, Furcht und schiere Hypnose vereinten sich und zogen sie zu einem starren Ensemble um Whittakers Leselampe zusammen. Aber es war eine spröde, oberflächliche Starrheit – wie das erste dünne Eis, das sich über fließendem Wasser bildet. Darunter drangen die wirbelnden, brodelnden Ströme qualvoller Besorgnis durch und störten die gefährliche Stille des Raumes. Nadia Mdevanis Züge an ihrer Zigarette waren zu kurz und sie schnippte zu oft ungeformte Asche weg. Blake in der Ecke mischte wild ein Kartenspiel. Am

Klavier fehlte Romanys Kontrolle über die Finger und die Liedfetzen, die sie versuchte, verloren sich in gebrochenen Tonhöhen. Aber sie hatte sich zumindest von ihrer Ohnmacht erholt, die sie entschuldigend auf eine Woche Genuss in späten Stunden und Cocktails zum Tee in Sands Point zurückführte. Crawford blätterte in *The Sportsman* , aber mit so unkontrollierter Geschwindigkeit, dass er nicht bemerkt haben musste, was er sah. Nur Julian und Joel, die einander Welten, Sonnen, Monde und Sterne ansahen, schienen immer noch ein wenig dumm und blind für das zu sein, was geschah.

Während Whittaker sein Bühnenbild arrangierte – Stuhl und Lampe genau so und ein Kissen auf seinem Rücken – verlief das Ritual des Kaffeetrinkens nach dem Abendessen mit seiner gewohnten Ruhe und Effizienz. Ein Robotermädchen, hübsch und schlank in Schwarz und Weiß, brachte das Service, und John reichte die Tassen. Dann öffnete er leise die Fenster der Terrasse in die warme Mainacht, fragte seinen Herrn, ob noch etwas da sei, und zog sich zurück.

Whittaker räusperte sich; und das Geräusch erschreckte den Raum so gründlich, als wäre es ein Schuss gewesen. Es zog die Grenze zwischen Gespräch und Bewegung. Durch die Stille gewannen Whittakers erste Worte an Bedeutung.

„Wie ich Ihnen bereits sagte, ist dies eine tägliche Aufzeichnung meines Lebens in den letzten zwölf oder fünfzehn Jahren." Mit einer Handbewegung zeigte er ihnen auf ein dickes, flexibles Notizbuch aus dünnem Papier, gebunden in geprägtes Wildleder. „Heute Abend erinnere ich mich an einen Tag vor zwei Jahren, den 19. Juni 1929. Ich erinnere mich lebhaft an den Tag; und ich kann mir durchaus vorstellen, dass Markham das tut. (Wir sagen Markham – der richtige Name muss erst bekannt gegeben werden, wenn er in Druck geht.)

„„Markham hat mich heute Abend früh angerufen und gesagt, dass er mich sofort sehen muss. Ich war für eine Theaterparty verlobt und wollte meine Gastgeberin nicht enttäuschen, aber Markham blieb hartnäckig und ich gab nach. Er wohnt nur wenige Minuten von Thorngate entfernt. Als er erschien, war es mehr als offensichtlich, dass etwas nicht stimmte. Er war blass, seine Augen blutunterlaufen und seine Stimme klang irgendwo in seinen Schuhen. Es scheint, dass er aus zwei Gründen erpresst wird, einem alten und einem neuen; der Neue ist eine Geliebte und daher gefährlich für seine Familie; der alte war ein seltsamer

Mordfall und daher gefährlicher für ihn. Es ist der Mord, den ich für erwähnenswert halte.

„Markham ist der Sohn, der einzige Sohn des alten Markham, der einst in Monte Carlo die Bank gesprengt hat. In der Familie herrscht Wildheit. Der Junge wuchs in einem Teil von New York, der sich rasch vom Guten zum Schlechten und vom Schlechten zum Schlechteren wandelte, kreuz und quer auf. Eine Reihe von unerforschten Kindermädchen und Gouvernanten, wenn sie überhaupt noch zu haben waren, beobachteten ihn mit weniger als einem halben Auge, und Markham wurde ganz natürlich und leicht Mitglied einer Jungenbande im Block; und diese Kinderbande entwickelte sich zu einer echten Bande. Er war nicht in der Lage, mit ihnen zu brechen, selbst wenn er es gewollt hätte. Sie ließen seinen Vater durch ihn ausbluten. Sie führten ihn schrittweise ins Unheil, in die Schlechtigkeit und in die Sünde. Eines Tages schuldete er einigen Kartendieben, die auf den Dampfschifflinien nach Havanna arbeiteten, einen Tausender zu viel und war bereit, die Zahlung für einen Mord anzunehmen.

„In einer pechschwarzen Nacht mitten im Winter betrat er eine scheinbar verlassene Hütte in einer einsamen Kurve des Hackensack in den kargen Ebenen außerhalb von Newark. Meilenweit nichts als schneeverwehte Wiesen und ein schwarzer Fluss, der sprudelnd seewärts rollt.‘“

„Ein Stil, der dem American Institute würdig ist“, murmelte Julian Joel zu, „wo Wortschatz zählt – ich meine Worthaftigkeit.“

„Still, Julian! Dein Onkel ist Mitglied.“

„So weiß ich es.“

„'Das Einzelzimmer, in das Markham über ein loses Dielenbrett hinaufschlich, stank nach abgestandenem Tabakrauch, schmutziger Kleidung und einem seltsam süßen Geruch, den er schon vor langer Zeit als Opium erkannt hatte. Mit dem Messer in der Hand lehnte er sich an die Wand neben der verschlossenen Tür und wartete auf die Heimkehr seines Opfers. Es waren Mäuse unterwegs. Er identifizierte Mäuse. Und ein Ast weht gegen die Fensterscheibe. Das war einfach. Aber da war noch ein anderes Geräusch, anhaltend und regelmäßig – wie Atmen. Atmung! Guter Gott, es *hat* geatmet. Der Schmuggler war nicht planmäßig im Ausland unterwegs, um zu schmuggeln. Der kalte Schweiß brach auf Markhams Handflächen und Stirn aus. Hockten sie alle im Dunkeln und warteten auf den Schritt des anderen? Der nächste Schrei einer Maus zerschmetterte sein Fleisch und seine Knochen wie ein Schlag. Er hatte eine Gänsehaut vom Kopf bis zu den Füßen, einschließlich der Kopfhaut, die ihm bei der Anstrengung, sein Haar zu heben, Schmerzen bereitete.'"

„Sehen Sie, er dachte, seine Gans sei gar", war Julians nächster Nebenbemerkung gegenüber Joel. In Julian begann sich endlich etwas zu tun. Belknap sah, wie ein kleiner, schläfriger Teufel in ihm erwachte, mit dem man vielleicht nicht immer leicht fertig wurde.

„Der Mann auf dem Bett bewegte sich, lag still, bewegte sich wieder. Ihm blieb nichts anderes übrig, als zuzuschlagen. Er sprang und schlug zu und stieß das kleine Messer in etwas Weiches bis zu seiner Hand. Er sagte heute Abend, dass ein Messermord für den Mörder nicht so gut sei, was auch immer er für den Ermordeten sein mag. Er sagt, die körperlichen Empfindungen würden ihm sein Leben lang erhalten bleiben: das Kratzen der Klinge an einem Knochen, ihr schwammiges Einsinken in einen lebenswichtigen Körperteil, das plötzliche Erschlaffen des Körpers unter der eigenen Anspannung und der letzte keuchende, gurgelnde Atemzug im Gesicht. Markham hatte das Gesicht dieses Mannes nie gesehen und würde es nie sehen; aber er würde sich an das Gefühl des unrasierten Kinns und des kleinen, fetten Körpers erinnern; und an den Geruch verschwitzter Kleidung, der sich mit dem warmen Geruch frischen Blutes vermischte –"

„Wenn es Ihnen nichts ausmacht, Whittaker", sagte Crawford mit unmenschlicher Stimme, „hätte ich gern ein Glas Wasser. Darf ich klingeln?" Er versuchte aufzustehen, taumelte und sagte: „Helfen Sie mir, Sydney."

Offenbar hatte Sydney ihn nicht gehört oder konnte sich nicht bewegen. Sie rührte sich nicht und bewegte auch nicht ihre Augen. Aber Romany erwachte aus einer zusammengekauerten, zitternden Gestalt auf dem Diwan zum Leben und rannte auf ihn zu.

„Durian, Neil, mein Geliebter, meine einzige Liebe. Was macht er mit dir? Ich kann es nicht ertragen. Ich werde ihn solche Dinge nicht tun lassen – es ist mir egal –"

Romany kam nicht zu Ende – Sydney hatte es gehört und ihm einen Schlag versetzt, der sie auf den Tisch warf. Nadia lachte fürchterlich, als Blake mit mörderischem Gesichtsausdruck auf Whittaker zukam.

„Bei allem, was heilig oder unheilig ist, Sie haben die Grenzen überschritten, Bertrand Whittaker –"

Ob er Whittaker jemals erreichte, blieb zweifelhaft, denn in diesem Moment war der Raum in völlige Dunkelheit getaucht. Jemand schrie – eine Frau. Es kam zu einem Handgemenge und einem dumpfen Schlag. Ein Mann stöhnte. Belknap rief: „Bleiben Sie, wo Sie sind, denn Ihnen ist Ihr Leben wichtig." Sie hörten, wie er die Wand nach dem Schalter abtastete, und dann war da Licht.

Darin lag Whittaker halb bewusstlos in seinem Stuhl und blutete an der Stirn. Die anderen standen in seltsam arretierten Positionen wie die Spieler, die im Zehnerschritt bis Zehn zählen. Und das Tagebuch war weg.

VII

Wie ein Graben durch die Öffnung einer Schleuse abläuft, wurden Blätter und Zweige nacheinander, erst langsam, dann schnell, von der Strömung nach unten gesaugt, die Bibliothek leerte sich von Gästen, lautlos, verstohlen, langsam fast bis zur Tür, schnell wie das Bedürfnis, aus dem Raum zu entkommen, die anderen und ihr eigener erstaunlicher Zusammenbruch unter plötzlicher Anspannung sie fortzogen. Als der letzte von ihnen verschwunden war, half Belknap mit Johns Hilfe Bertrand Whittaker in sein Zimmer. Sie blieben an seiner Schwelle stehen. Im Moment schien es nichts zu sagen zu geben. Beide spürten vielleicht die Auswirkungen eines für sie gewissen Antiklimax der Ereignisse des Abends – etwas ziemlich Hohles, fast etwas Lächerliches in der Situation. Whittaker fühlte sich im Stich gelassen. Belknap hässlich und ungeduldig.

„Wie geht es dem Kopf?", fragte Belknap steif.

„Ganz in Ordnung, danke", antwortete Whittaker ebenso steif. „Willst du nicht reinkommen?"

„Nein. Nicht jetzt. Es liegt zu viel Angst in der Luft. Schlafen Sie ein wenig, wenn Sie können. Obwohl Sie vielleicht denken, dass Sie bald genug davon bekommen werden. Nun, Sie haben den Ball mit aller Macht ins Rollen gebracht, nicht wahr? Zufrieden? Gott, Whittaker, sollten Sie nicht besser aufgeben? Es ist noch nicht zu spät. Sagen Sie ihnen, es war ein Scherz; und bitten Sie Crawford nebenbei um Verzeihung. Sie sehen selbst, dass es nicht so einfach sein wird. *Ein* Mord! Wir können von Glück reden, wenn es nur ein halbes Dutzend sind. Heute Abend war in niemandes Augen Liebesglanz, außer in denen dieser armen kleinen Gans von Joel. Und sie ging mit verwelktem Aussehen nach oben. Wenn man dieses Haus jetzt vom Dachboden bis zum Keller aufschlitzt, wird es ein so hübscher Querschnitt von Desire Under the Elms, wie man ihn in einer Tagesreise finden könnte."

„Der Wunsch ist, mich zu kriegen, was?", fragte Whittaker grimmig.

„Genau. Wenn derjenige, der Sie erwischt, es nur gründlich machen würde. Wer hat es Ihrer Meinung nach versucht?"

„Hat kein Gespenst, oder? Dachte irgendwie, es wäre der Colonel. Aber der Schlag kam nicht ganz aus seiner Richtung. Trotzdem könnte er im Dunkeln um mich herumgewirbelt sein.

Es war ein heftiger Schlag, ich glaube mit Metall, aber nur ein Streifschuss. Das hat mich gerettet."

„Whittaker, du *bist* cool. Ich wünschte, ich könnte heute Abend mit dir mithalten. Aber es gibt Momente, in denen ich das nicht mag. Hast du deine Meinung geändert?"

„ *Niemals!* Nein, wie ich schon sagte, wenn Ihnen das Spiel nicht gefällt, dann verschwinden Sie. Ich werde einen Detektiv finden, für den es eine Herausforderung *ist* , sein Bestes zu geben."

„Und *ich* werde nie wieder hier rauskommen. Das weißt du, du weißt es nur zu gut, du alter Schurke. So dreckig das Wetter auch aussieht, ich weigere mich, hindurchzugehen, wenn es dazu da ist. Nun, während wir hier herumlungern, wird die Sache zweifellos immer spannender. Ich sollte mich besser beeilen. Auf Wiedersehen – für den Moment."

„Auf Wiedersehen und gute Jagd", sagte Whittaker, als er sich abwandte und sich noch schwerer auf Johns Arm stützte. Er schloss die Tür und murmelte „Ah!", und wenn er sich die Mühe gemacht hatte, alles zu sagen, was er meinte, dann meinte er: „Na, na, seht mal, was wir hier haben."

Romany Video lag in einem dicken flauschigen Federnegligé mit dem Gesicht nach unten, einem lebhaften, hysterischen Puffball, auf dem Bett. Sie war nur ein kleiner Fleck besorgter Menschlichkeit, der die weißen Flächen von Whittakers Himmelbett beunruhigte; aber ein hartnäckiger Fleck, wie eine Mücke vor einem Fliegengitter. Whittaker betrachtete sie einen Moment lang mit einer Mischung aus Belustigung, Mitleid, Verachtung und dem leicht suggestiven Was-kann-ich-für-Sie-Blick, den manche Männer immer für ein schönes Mädchen in Not haben. So gut Whittaker diese besondere Jungfrau kannte, so ließ ihn doch kein Kummer von ihr gleichgültig.

Aber er ließ sich Zeit. Es war nie schlimm, eine Frau warten zu lassen – oder weinen. Er sagte nichts. Er saß auf der Bettkante, als wäre Romany nicht da, und ließ sich von John helfen, seine Lackschuhe gegen ein Paar Schweinslederpantoffeln zu tauschen, seinen Smoking und sein steifes Hemd auszuziehen und seinen grünseidenen Morgenmantel über die Schultern zu legen. Romany reagierte angemessen auf die verzögerte Aufmerksamkeit und begann noch mehr zu schluchzen.

„Danke, John. Das reicht fürs Erste. Nein, mach dir keine Gedanken um meinen Kopf. Es ist kaum mehr als eine hässliche

Prellung. Ich rufe dich später an, wenn ich dich brauche. Gute Nacht."

Whittaker ließ John gehen und betrachtete schweigend die zitternden, aufgerichteten Locken auf Romanys zerzaustem Kopf. Dann, als der Türriegel einrastete, beugte er sich herüber und berührte ihren Arm.

„Komm, komm, Kleines. Worum geht es? Du nimmst es zu sehr. Es tut mir leid, dass es von Anfang an Crawford sein musste — um Ihretwillen. Aber du wirst über ihn hinwegkommen, wenn du Zeit hast, so wie du über mich hinweggekommen bist. Als du über Blake hinweggekommen bist. Wie hat Blake dich über ihn hinwegkommen lassen?"

„Oh, geh weg, du schreckliches, gemeines Ding. Ich kann dich nicht ertragen. *Sprich* nicht mit mir. *Wagen* Sie es nicht, mich anzufassen."

„So schlimm ist das alles? Lieber, Schatz! Du nimmst es ihm härter als den meisten von uns. Dir gefallen sie gut, oder? Gibt dir etwas, womit du sie überarbeiten kannst."

„Du böser Mann! Wie kannst du mir so etwas sagen? Wie *kannst* du, nach allem, was wir miteinander erlebt haben? Du hast nie etwas getan, was mich verletzt hätte. Und sieh dich jetzt an. Was *ist* passiert, lieber Bertrand? Es ist so eine grausame Welt. Ich kann es nicht ertragen. Ich sage dir, ich kann nicht. Ich werde mich umbringen. Ich werde *sterben* , Bertrand.

„Meine Liebe, zum ersten Mal von den hundertundein Mal, die du diese Drohung ausgesprochen hast, besteht die Möglichkeit, dass sie wahr wird", sagte Whittaker und sagte das Einzige in der Schöpfung, das Romany hätte stoppen können, anstatt sie zu verschlimmern Die Hysteriker sind tot. Romany war still; verzweifelt ruhig. Sie hob ihren Kopf aus dem Maribuschaum und sah Whittaker mit großen, verzweifelten Augen und geöffneten Lippen an.

"Wie meinst du das?" Sie flüsterte.

„Was ich sage", verhöhnte er ihr Flüstern, indem er es nachahmte. „Selbst wenn du heute Nacht entkommst, Romany (denn der Tod, dessen Namen du so oft missbrauchst, ist heute Nacht im Haus auf der Hut) , musst du für Durians Tod geradestehen."

Romany schrie und unterdrückte den Schrei mit der Hand vor dem Mund.

„Bertrand! Du willst *das erzählen*? Du hast es aufgeschrieben, so wie du es über Neil geschrieben hast?"

"Ich habe."

„Oh, nein-nein-nein-nein. Bitte nein. Ich glaube es nicht."

„Dann warte ab. Aber die Hoffnung ist noch nicht tot, Sommersprosse. (Lass mich nachdenken; ja, da ist deine eine Sommersprosse, wegen der ich dich Sommersprosse genannt habe. Weißt du noch?) Ich muss das Tagebuch finden oder es neu schreiben – es sei denn natürlich, ich –"

„Oh, ich hasse dich, ich hasse dich, ich hasse dich." Romany hüpfte zurück in ihr Haar, ihr Maribou und die zerknitterten Kissen.

„ Sag das *nicht* !" er weinte dramatisch. Und Romany hat einen Strohhalm gefangen. Sie setzte sich wieder auf.

"Du kümmerst dich?" Sie sagte. „Es *ist dir* wichtig. Oh, Bertrand, *warum* lässt du mich so leiden? Ich verstehe nicht. *Liebling*, liegt es daran, dass du eifersüchtig bist?" Sie warf rücksichtslos beide Arme um seinen Hals und klammerte sich mit der wilden Kraft eines Ertrinkenden an ihn. „Hat er geglaubt, seine kleine Roma wäre wirklich weggegangen und hätte ihn verlassen? Dachte er, dass sie sich um alle anderen Männer kümmerte? Sein armes kleines Mädchen dachte nur, der große Mann sei ihrer überdrüssig geworden. Das hat sie, Liebling. Das hat sie tatsächlich getan."

Whittaker löste langsam und vorsichtig mit der ganzen Kraft seiner Hände ihre Arme, aber als er sie einmal losgelassen hatte, stellte er fest, dass seine eigenen zwangsläufig damit beschäftigt waren, sie festzuhalten.

"Gör!" sagte er mit einem leisen, halben Lachen und küsste sie leicht.

„Oh", hauchte sie mit einem erleichterten Seufzer, der sanft aus tiefstem Herzen aufstieg. „Es ist so lange her, seit du mich so genannt hast. Ich liebe es. Wie *dumm* von uns, uns zu streiten, Bertrand. Und sei eifersüchtig! Nach all diesen Jahren. Zu glauben, dass du jemals so grausam gewesen sein könntest, so zu tun, als würdest du von Durian erzählen, um mich zurückzubringen. Hätte es für dich nicht einen angenehmeren Weg geben können, Liebling?"

Whittaker betrachtete sie schräg mit halb geschlossenen Augen.

„Was ist mit Crawford?" er hat gefragt.

Sie hatte die Anmut, zu färben.

„Armer Neil", murmelte sie. „Aber darum muss er sich doch kümmern, oder?"

„Ich sehe, das ist es." Sie spürte, wie er erschauderte, interpretierte es jedoch falsch.

„Glücklich?", fragte sie.

„Der Teufel hat diesen Ruf."

Er spürte, wie sie erneut erschrak und sich abwehrend versteifte. Sie lachte zitternd.

„Ungezogener Junge! Du bist sarkastisch."

„Bin ich das?"

Plötzlich sprang Romany von ihm weg und blieb am ganzen Leib zitternd stehen, während er in unkontrollierter und unerwarteter Wut schnatterte.

„Du wirst es verraten", stotterte sie fieberhaft. „Du *wirst* es uns alle verraten. Du meinst es wirklich ernst. Oder nicht? Oder nicht?"

„Ah, du hast es herausgefunden, oder? Ja, ich sage es. Wie oft muss ich es sagen, damit es in deinen hübschen Kopf dringt?"

„Du Tier! Du Bestie! Du –", stampfte Romany wie ein verwöhntes Kind auf. „Du bist ein hasserfüllter, grausamer, böser Mensch. Du kannst es nicht tun. Versuch es nur. Niemand wird es dir erlauben. Du wirst zuerst getötet. Das kannst du mir nicht antun, hörst du? Ich werde dich selbst töten. Du musst mich in Ruhe lassen. Lass mich *in Ruhe* . Was denkst du, warum ich ihn getötet habe? Weil er mich verraten hat, oder nicht? Und was tust du mir an? Mich auch zu verraten. Pass auf, Bertrand Whittaker. Es gibt nichts, vor dem ich zurückschrecke, wenn ich aufgeweckt werde. Nein, nicht einmal Mord."

Whittaker ließ Romanys Wutanfall los, wie eine Ente Wasser abschüttelt.

„Histrionik, Baby", sagte er. „Man kann ihnen nie weit entkommen, oder? Fünftklassige Zitate aus sechstklassigem Melodram. Nicht, dass ich wünschte, Sie hätten Ihre große Drohung nicht ernst gemeint. Ich tue. Aber wenn du mich wirklich töten willst, dann schrei nicht darüber. Das Haus hört zu, wenn ich das Haus kenne. Mach es im Stillen. Lauf jetzt nach Hause in dein Zimmer, Kind, und denk darüber nach. Ich werde später vorbeikommen, wenn ich darf, und die Ergebnisse einholen. Schade, dass ich das arme alte Tagebuch nicht bei mir habe, und ich würde dir die Passagen über dich selbst markieren. Sie sind ziemlich aufregend. Machen Sie aus Ihnen eine Art Medici, von der Art Weidenstab. Du solltest geehrt werden." Romany schwankte. „Werde nicht *wieder ohnmächtig, meine Liebe* . Du machst es zu oft. Es wird zu einer bösartigen Angewohnheit. Das Wichtigste, was Sie tun müssen, ist, ins Bett zu gehen." Whittaker führte sie sanft zur Tür. „Gute Nacht – schlaf gut – wach auf –"

Romany wich schaudernd von ihm zurück. Mit einer mitleiderregenden kleinen Geste des Stolzes und Mutes hüllte sie sich eng in ihr Kleid und schleuderte von der Tür aus einen Abschiedsschuss.

„Und glauben Sie nicht, dass Sie der Einzige sind, der Geschichten aus der Schule erzählen kann, Bertrand Whittaker. Ich werde Ihnen Offenbarung für Offenbarung gegenübertreten, wenn es um das Buch der Offenbarungen geht. Sie werden dem Gesetz gegenüber eine Menge zu erklären haben, wenn ich es zulasse –"

Sie war im Flur und hatte ihre Stimme gesenkt. Whittaker verstand nicht, welchen Namen sie nannte.

„Wer ist das, von dem Sie der ganzen Welt erzählen werden?", rief er.

Romany legte ihren Staubmoppkopf zurück ins Zimmer.

„ *Rate nur!* Und ich hoffe, du stirbst vor Schreck", zischte sie und zog wie eine Schildkröte den Kopf zurück.

VIII

Julian, im Morgenmantel und in Pantoffeln, ließ sich vor dem brennenden Feuer in seinem Zimmer in den tiefen Sessel zurücksinken und gab sich regelrechter Sorge hin. Die Situation in Thorngate erschien ihm abwechselnd verwirrend, erschreckend und geradezu verrückt. Offensichtlich gab es viel mehr echte Probleme als das unmittelbare Problem seiner eigenen misslichen Lage, obwohl Gott wusste, dass das schon schlimm genug war, vor allem wegen Joel. Dennoch war er in gewisser Weise erleichtert und froh, dass Joel davon erfuhr. Er war noch nie in der Lage gewesen, ihr etwas über sich zu erzählen, aber jetzt kam die Sache, die die Angelegenheit für ihn regelte: Sie musste es wohl oder übel erfahren.

Warum, *warum* hatte er ausgerechnet Bertrand Whittaker davon erzählt? Niemand wäre jemals klüger geworden, wenn er an jenem warmen Abend im letzten Sommer, als sein Gewissen ihn zusammen mit den Mücken bei lebendigem Leibe auffraß, den Mund gehalten hätte und er Whittaker gefragt hätte, was er dagegen tun sollte. Whittaker hatte gesagt: „Oh, vergiss es, Junge. Es wird Ihnen, Roger Dane und Rogers Familie nichts nützen, damit klarzukommen." Warum hat Whittaker es dann jetzt so ausführlich gelüftet? Oder war er es? Vielleicht betrachtete er Julians hitzköpfiges Verbrechen als zu leicht, um sich in seinem grausamen Tagebuch darum zu kümmern. Aber Julian hatte das Gefühl, dass es seinerseits ein Streich war, sich auf eine solche Hoffnung zu verlassen. Denn einen Mann erkennt man an der Gesellschaft, die er pflegt. Und es begann sich völlig sicher zu sein, dass das Haus bis zu den Giebeln mit Mördern in der einen oder anderen Menge gefüllt war. Sowohl Blake als auch Dorn waren zu schnell auf dem Vormarsch, um für sich selbst sprechen zu können. Romany Monte Video und Neil Crawford waren unter leichtem Druck auseinandergefallen. Und das Tagebuch war so wichtig gewesen, dass jemand seinetwegen bereits einen Mordversuch unternommen hatte. Mord, um Mord zu vertuschen. Was für ein seltsamer und absurder Haushalt es sich erwies. Was war das Motiv von Bertrand Whittaker, es zusammenzustellen, es sei denn, er spielte ein verlorenes Spiel mit dem Tod? Wenn Crawford nicht so feige wäre, hätte er den schrecklichen Verrat des heutigen Abends schon früher gerächt. Vielleicht kommt er noch dazu. Es ist bekannt, dass einige der gröbsten Feiglinge in einem offenen Kampf ausgezeichnete

Messerstecher sind. Und wenn alle anderen in der Vergangenheit einen heimlichen Mord begangen hatten, dann erlebte derjenige, der mit dem Tagebuch davonkam, einen wundervollen Nervenkitzel – er las es wahrscheinlich jetzt mit einer Taschenlampe in einem Schrank oder unter dem Gebüsch (eine von Julians hartnäckigsten Befürchtungen war, dass Dorn statt … Er war geradewegs in die Stadt gefahren und spukte mit Mord im Herzen durch das Gelände. Er zitterte bei jedem Knarren des Bodens oder Rascheln der Blätter.

Whittakers Chancen, seinen Plan in die Tat umzusetzen, schienen Julian recht gering zu sein: Aber selbst wenn es ihm nicht gelingen sollte, eine umgeschriebene Version seines Tagebuchs in gedruckter Form zu sehen, hatte er eines Abends bereits mindestens sechs Leben in ein übles Chaos gebracht. Neil, Sydney und Romany konnten ihre Situation nicht länger ignorieren; Was auch immer zwischen ihnen war, würde von nun an eine offene Wunde sein. Belknap hätte eindeutige Beweise für mindestens ein Verbrechen und den dahinter stehenden Verbrecher. Ob er angesichts der absurden und ungerechten Umstände Crawfords Schuld anständig ignorieren würde, war eine zweifelhafte Frage. Romany war ohnmächtig geworden, als das Tagebuch zum ersten Mal erwähnt wurde, und hatte später den Kopf verloren und die Namen von Neil Crawford und ihrem Liebhaber mit dem verrückten Namen Durian verwechselt, der in einem ihrer Stücke versehentlich getötet worden war – warum Natürlich *war* er *nicht* versehentlich getötet worden, das war es. Was für ein Idiot war er, dass er nicht schon früher daran gedacht hatte? Nun hatte er drei Mörder zur Rechenschaft gezogen: Crawford, Romany und sich selbst. Was Nadia betrifft, so sah sie genau wie eine Giftmischerin aus. Dorn war offensichtlich vor etwas davongelaufen. Bei Blake hing wahrscheinlich alles von Ihrer Definition eines Duells ab.

Aber dann war da noch Joel! Irgendetwas musste mit seiner ganzen Berechnung nicht stimmen, sonst wäre Joel nicht dort, wo sie war. Sicherlich würde Whittaker eine unschuldige Nichte nicht in eine Verbrechenswelle einbeziehen, wenn es nicht noch andere Unschuldige gäbe, die das Ganze angemessen machen würden. Julian lächelte über seine eigene charmante Einbildung. Aber es könnte sein, dass Whittaker so darauf erpicht war, das Bündnis zwischen ihm und Joel zu zerstören, dass er drastische Maßnahmen ergriff, um Joel mit der Schurkerei ihres Liebhabers vertraut zu machen. Er *musste* Joel sehen. Er musste sie sehen, bevor sich die Dinge außer Kontrolle entwickelten, was sie schnell taten.

Er sprang auf und war fast außer sich vor Scham, als es an einer Innentür seines Zimmers klopfte, die Gott weiß wohin führte. Sollte er sich verstecken und wie hypnotisiert auf die Türklinke starren oder kühn „Herein" rufen oder die Tür plötzlich öffnen und den Eindringling überraschen? Julian war inzwischen so aufgeregt, dass ihn sein eigener Mord nicht im Geringsten überrascht hätte. Bevor er sich entscheiden konnte, was er tun sollte, öffnete sich die Tür leise und Joel erschien in einem wallenden blauen Gewand. Bei dem Anblick von ihr in seinem Zimmer stockte ihm der Atem.

„Joel!", flüsterte er.

„Ja, Liebling, ich bin auf der anderen Seite der Tür, mit dem Schlüssel auf meiner Seite. Da muss doch noch mehr dahinter stecken, findest du nicht? Wenn wir noch tiefer in Schwierigkeiten geraten, als wir es ohnehin schon sind – ich meine, wenn es dazu kommt, dass wir die Polizei rufen oder so –, wird es einen Skandal wegen der Verbindungstür zwischen den Zimmern von Mr. Julian Prentice und seiner Verlobten geben. Verlobte, mein Auge, wird es sagen! Und wenn wir, als wir einen Schuss hören, in den Flur rennen, würde es bedeuten, dass man uns gesehen hat, wie wir im Negligé aus dem Zimmer des jungen Herrn kamen, um –" sie warf einen Blick auf ihre Armbanduhr – „um 0:30 UHR. Die Tatsache, dass ich die Zeit notiere, mit dir als Zeugen, könnte sich als furchtbar wichtig erweisen. Es *ist* spät, nicht wahr?"

„Ja, wirklich." Julians Überemotionen angesichts Joels Nähe zeigten sich in Untertreibung und einer jungenhaften Steifheit, die Joel dazu brachte, ihn über alles zu lieben. „Komm und setz dich hierher, ja? Während ich das Feuer schüre. Was *machst* du so spät noch draußen, mein Lieber?"

„Ich habe ein bisschen gelauscht und in den Fluren herumgeschnüffelt und festgestellt, dass alle anderen das Gleiche tun. Deshalb kann ich natürlich nicht schlafen. Das Haus ist ziemlich gruselig, Julian. Ich wünschte, es würde aufstehen und weggehen. Vielleicht wird es das irgendwann im Sinne von sehr starkem Käse tun. Oh je, ich bin so müde und daher ein bisschen albern, wie du siehst, Liebling."

„Das wundert mich nicht – ich meine, dass du müde bist. Hier, leg deine Füße auf dieses Kissen und lass mich deine Hände wärmen, die so kalt sind. Sag mir, Joel, was denkst du, was dein Onkel vorhat; was tut er allen an, auch sich selbst?"

„Ich weiß es nicht; wirklich, Julian, ich weiß es nicht, und es ist mir egal, was er sich selbst und allen anderen außer uns antut. Aber was er dir und mir antut, ist mir schrecklich wichtig, und ich bin gekommen, um zu sehen, ob wir, du und ich, nicht einen Zauberstab über uns selbst führen können, um sein böses Genie und was auch immer es anstrebt, fernzuhalten. Damit wir überhaupt damit anfangen können, muss ich, wie ich weiß, sehr mutig sein und dir von mir erzählen. Angesichts der Dinge können wir nichts unversucht lassen."

Julian sah mit einem schnellen, zärtlichen Lächeln zu ihr auf.

„Jetzt wollen Sie mir erzählen, *dass Sie* auch einen Mord begangen haben", sagte er.

„Julian, sei still; sei nicht amüsiert. Ja, ich werde dir sagen, dass ich einen Mord begangen habe. Das habe ich. Aber hör mir bitte zu; lache nicht so. Das kann ich nicht ertragen."

„Liebling, ich kann nicht anders. Oh mein Gott, ich wollte Ihnen gerade von meinem Mord erzählen, bevor Sie von jemand anderem davon erfahren, es in einer Boulevardzeitung lesen oder es Ihnen im Kreuzverhör auffallen könnte. Joel, uns steht eine Menge Schreckliches bevor – schlimmer als uns bewusst ist."

„Nicht schlimmer, als *mir* bewusst ist", sagte sie mit unaussprechlicher Müdigkeit. „Julian, Liebster, du musst mir zuhören; und dann", sie lächelte schwach, „werde ich von Ihrem Mord erfahren."

Er legte ihre Hände an seine Lippen.

„ *Tu es nicht* ", sagte sie und zog sich zurück. „Vielleicht wirst du nicht so denken, wenn ich es dir gesagt habe. Immerhin, wenn Sie einen getötet haben – Ihren Ehemann –." Es war ihr fast unmöglich, dieses Wort auszusprechen.

„Joel, du hast Jerry nicht getötet. Das hast du nicht, das hast du nicht. Sag es, ich sage es dir. Sagen Sie, Sie hätten es nicht getan."

"Ich tat. Aber es war kein richtiger Mord, wirklich nicht. Hör zu, Julian, hör auf zu weinen. Ich schwöre Ihnen, es war nicht unbedingt ein Mord.

„Ich weiß nicht, was Sie mit ‚kein ganzer Mord‘ meinen. Mord ist Mord, dem kann man nicht entkommen.“ Julians Ton war leise und dumpf. „Joel, ich kann es nicht ertragen.“

„Ich hätte gedacht, dass man in einem Glashaus nicht mit Steinen werfen würde“, hatte sich Bitterkeit in ihre Stimme eingeschlichen.

„Mein Ziel war Selbstverteidigung – in gewisser Weise.“

„Und meine Sache war eine Ehrensache – in gewisser Weise. Ich werde Ihnen die ganze Geschichte erzählen. Es ist unsere einzige Hoffnung, Julian – dass wir beide alles erzählen.

„Jerry und ich waren schon seit mehreren Jahren verliebt, wirklich und schrecklich verliebt. Als wir wussten, dass Junior unterwegs war, heirateten wir. Oh, nicht weil wir es *mussten* . Es war Jerrys Idee, dass wir das unsere eigene private Ehe nennen würden, wenn wir herausfinden würden, dass wir eine haben könnten, und dann die dafür notwendigen rechtlichen Voraussetzungen akzeptieren würden. Du siehst was ich meine. Ich hielt es für eine Art romantischen Supermodernismus, eine schöne Art, die Welt zu zählen. Lache mich nicht aus, Julian; denn das Lachen *ging* auf mich zu. Der erste Schock kam, als wir es wussten. Er sagte: „Ich frage mich, ob wir wirklich die äußere Form durchlaufen *müssen !*“ Verwirrt, aber nicht mehr, sagte ich: „Natürlich, finden Sie das nicht?“ und seine Antwort war: „Natürlich genau wie Sie sagen.“ „Wie *Sie* sagen“, beachten Sie das. Es dauerte Monate, bis mir zunehmender Schmerz klar wurde, dass es für ihn keine Romanze war, sondern eine Möglichkeit, sich frei zu halten und gleichzeitig einen Sohn zu bekommen.

„Nun, ich habe alles durchdacht, und es kam mir so vor, als wäre ich genauso getäuscht worden wie jedes Mädchen in einem Melodram. Schließlich ist es das Gleiche wie das andere, die alte Tess von D'Urberville und die moderne, alles ausplaudernde Art, nicht wahr? Statt des wütenden Vaters und Bruders, die auf den Kriegspfad gehen (Väter und Brüder werden heutzutage schussscheu gemacht), sollte die Frau selbst, die damit prahlt, dass sie auf sich selbst aufpassen kann, mehr als nur das theoretische Recht dazu haben. Sie sollte in der Lage sein, bis zum Tod zu kämpfen. Nennen Sie es eine neue Form des Duellierens, wenn Sie wollen. Also machte ich mich an die Arbeit, um meine Ehre wiederherzustellen. Darauf lief es hinaus. Ich hatte aufgehört, mich um ihn zu kümmern, ihn natürlich zu lieben, sonst hätte ich es wohl nicht geschafft. Ich nahm Schießunterricht in der 79th St.

Armory. *Er* war seit dem Krieg ein guter Schütze gewesen. Dann forderte ich ihn heraus, kühl und ernsthaft. Ich meinte es ernst. Ich nannte die Uhrzeit und den Ort (im Central Park) und sagte, er könne ihm den Tag nennen."

„*Joel*, was hat er gesagt!"

„Er lachte. Ich hätte es wohl wissen müssen. Aber ich war darüber rasend wütend. Also holte ich mir eine Waffe und – machte dem Ganzen ein Ende."

„Wie bist du damit durchgekommen?"

„Das hatte ich nicht vor. Aber ich hatte seine Pistole aus der Schublade genommen – und das deutete, zusammen mit der Position, in der er lag, auf Selbstmord hin. Es wurden keine Fingerabdrücke hinterlassen. Unsere Freunde behaupteten, wir seien das ergebenste Paar, das sie kannten. Ich ging sofort zu Onkel Bertrand (er war damals Richter in unserem Bezirk), aber er überredete mich, zu Unrecht, wie ich jetzt weiß, zu schweigen; er sagte, Jerry hätte es verdient. Aber ich wünschte, ich wäre stattdessen einfach vor ihm weggelaufen." Joel weinte mit weit aufgerissenen Augen.

„Oh, Joel, du armes, außergewöhnliches Kind. Ich hätte ihn für dich getötet."

„Vielleicht, aber du warst damals noch nicht da; Und außerdem war es das Gefühl, meinen eigenen Namen zu verteidigen, das mich dazu bewegte. Ich hätte es nicht ertragen, dass ein *Mann* mich verteidigt."

„Jetzt, wo ich etwas gegen deinen Onkel unternehmen muss, was hätte ein zusätzlicher Mord mehr oder weniger schon für eine Rolle gespielt?"

„Julian", sagte sie schnell, „du kannst meinen Onkel nicht aufhalten, wenn er entschlossen und entschlossen ist, selbst wenn du ihn tötest. Er hätte eine Möglichkeit, seinen eigenen Mord zu umgehen, wenn dafür sein Geist nötig wäre."

„Ich werde keinen Mord versuchen, Schatz. Aber ich werde *heute Abend* mit ihm reden ."

Julian stand auf und beugte sich vor, um sie zu küssen.

„Ich komme bald zurück, versprochen. Beweg dich nicht."

„Julian, bitte bleib. Ich möchte in diesem schrecklichen Haus nicht allein gelassen werden."

Aber die Tür hatte sich hinter ihm geschlossen.

IX

Und am Ende des Korridors schloss Neil Crawford eine weitere Tür hinter sich und Sydney. Ihre Augen begegneten einer düsteren und hoffnungslosen Frage.

„Oh, Neil", hauchte sie. "Was werden wir machen?"

„Was soll *ich* tun, musst du sagen, Sydney. Denken Sie daran, meine Liebe, Sie stecken hier nicht drin. Und denken Sie daran, dass alles, was ich tue oder unterlasse, ausschließlich von meiner Liebe zu Ihnen und meinem Wunsch bestimmt wird, Sie und die Kinder davon *fernzuhalten* ."

„Du *kannst mich nicht* davon abhalten, Neil, selbst wenn du es wolltest. So ist es bei Dingen, die sich auf den einen oder anderen von zwei Menschen beziehen, die eng miteinander verbunden sind, beide sind im Guten oder im Schlechten in ihnen. Also stecke ich bis zum Schluss mit dir da – das heißt, wenn – wenn –
"

„Wenn ich dich will?" Er nahm ihre Schultern mit beiden Händen. „Ist es das, was Sie sagen wollen? Du weißt, dass ich dich will. Du weißt, dass ich dich liebe, dass ich niemanden außer dich jemals geliebt habe und niemals lieben werde. Ich kann mir nicht helfen. Wir wurden in passenden Mustern hergestellt, wie bei einem Puzzle. Wir würden mit keinem anderen mithalten, niemand sonst würde mit uns mithalten."

Sie tat ihr Bestes, um die Gefühlswelle zu kontrollieren, die sie dazu veranlasste, sich von ihm zu lösen.

„Sie hat nicht das gleiche Gefühl, Neil, und das glaube ich auch nicht. Sie liebt dich; und sagte es heute Abend zu deutlich, um mir das Gefühl zu geben, dass du nicht in gleicher Weise zurückgekehrt bist. Neil, wo sind unsere Versprechen?"

„Mein Gott, Sydney, seit wann bist du so unschuldig, zu glauben, Versprechen seien mehr als nur Schmuck, hübsch, aber – aber eitel? Das Versprechen, für immer zu lieben, bis der Tod uns scheidet –"

„Halt still, Neil! Sie wissen genauso gut wie ich, dass das nicht die Versprechen sind, an die ich denke. Außerdem haben wir diese besonderen Versprechungen nie gemacht. Aber wir haben versprochen, dass wir nicht mit anderen Menschen zusammenleben werden, es sei denn, wir *meinen* es ernst – meinen es ernst, verstehen Sie?" Sie versuchte, ihre Stimme unter Kontrolle zu halten, aber sie hob sich krampfhaft. „Und hier scheinen Sie genau das getan zu haben."

„Ich habe nicht nur in der Nähe gelebt, Sydney. Du kennst mich gut genug, um zu wissen, dass ich in solchen Dingen wählerisch sein würde. Romany und ich haben uns irgendwie ganz natürlich darauf eingelassen. Warum können Frauen nicht erkennen, wie wenig solche Dinge einem Mann und manchen Frauen bedeuten? Sie ist eine von ihnen. Wir haben nie über Liebe gesprochen; hörst du das?"

„Neil, wie dumm es ist, so etwas zu sagen, wenn es doch naturgemäß irgendwie um Liebe geht. Im Grunde ist es – die Trennung des Physischen vom Spirituellen – der Untergang allen Idealismus. Jemand, den wir kennen, der es war, sagte neulich, dass das Problem mit der jüngeren Generation darin besteht, dass es ihr an Mut mangelt. Du bist genau das, was er meinte, Neil."

„Sei nicht vulgär, Sydney. Vulgarität steht dir nicht. Nur die Anspruchsvollen kommen damit durch. Ihre Zartheit ist einer der Gründe, warum ich mich um Sie kümmere. Und es *ist mir* wichtig. Du kannst nicht sagen, dass ich dich nicht liebe, oder du mich. Kannst du es sagen?"

„Was es nur erschreckend viel schlimmer macht. Und lüg mich nicht an. Sie hätte dir keinen solchen Brief schreiben können, wenn du ihr gegenüber nicht in der einen oder anderen Form Liebe gezeigt hättest. Streiten Sie nicht über die Bedeutung des Wortes Liebe."

„Was meinst du mit ‚so ein Brief'?"

„Ich habe einen Brief auf deinem Schreibtisch gesehen, Neil. Ich musste es lesen, das sieht man."

„Dann hast du genau das bekommen, was auf dich zukam, Sydney. Sogar eine Ehefrau, am allerwenigsten eine Ehefrau, liest die private Korrespondenz eines Mannes nicht, es sei denn, sie möchte verletzt werden."

"In Ordnung! Sag es, wenn du willst. Es kann die Dinge nicht schlimmer machen, als sie sind. Ich sah die Adresse auf dem Umschlag (ich wusste, dass sie diesen Frühling in Hollywood gewesen war) und erinnerte mich blitzschnell daran – an jenen Abend. Es verlangt von der menschlichen Natur zu viel, in einem solchen Moment der Wahrheit den Rücken zu kehren. Und man kann nicht sagen, dass es nicht besser ist, die Wahrheit zu erfahren, egal, was es für uns beide kostet."

„Wenn du das denkst, ja." Crawfords Wut erlosch, als er sah, wie sich ihr Gesichtsausdruck veränderte. „Oh, Sydney, sieh mich nicht so an. Es tut mir leid. Es tut mir *so* leid." Er versuchte, ihre Hände zu nehmen, aber es gelang ihm nicht. „Und jetzt noch diese Sache, die dir weh tut. Das kann ich nicht ertragen."

„Dieser andere ist schlecht, ja. Aber nicht wirklich schlecht, meine Liebe, im Vergleich zu meinem Vertrauen und meinem Respekt, meinem Vertrauen in dich und meiner Selbstachtung, die über Nacht in Atome zersplittert sind. Bertrand Whittaker kann sein Schlimmstes tun, kann Sie hinter Gitter bringen und ich kann durch Gitter mit Ihnen reden, aber es wird kein Bruchstück dessen sein, was wir über Jahre hinweg aufgebaut haben. Ehen entstehen nicht an einem Tag. Mit mir und meinen Träumen muss etwas nicht stimmen, vermute ich. Bevor wir heute Abend das Haus verließen, fiel mir zufällig ein Bild von Bunny auf und mir wurde klar, dass es das Bild war, das den ganzen Winter im Stadthaus gewesen war und dich beobachtete – dich beobachtete –", verstummte sie hilflos. „Ich scheine Illusionen und Realitäten so sehr zu verwechseln."

„Verwirren Sie sie nicht. Machen Sie sich keine Illusionen. Doch genau deshalb liebe ich dich, für das Bild, das du dir von einem perfekten Leben machst. Aber es kann nicht gelebt werden, Sydney. Das geht nicht."

„ *Unsere* Chance ist vertan, wenn Sie das meinen."

„Ich sehe nicht, dass es uns im geringsten beeinflussen wird, wenn unsere Liebe bei uns bleibt. Ich habe ihr nie gesagt, dass ich sie liebe."

„Wie bezaubernd für sie!"

„Das war nicht das, was sie wollte. Sie versteht. Ich bin nicht der Einzige für sie. Es ist nicht so, dass sie – Sie kann auf sich selbst aufpassen." Er stoppte. „Oh, ich hätte nichts dagegen, wenn sie tot wäre, wenn es uns etwas nützen würde."

„Neil, sei still! Nichts, nicht einmal unser eigener Tod, könnte uns wieder etwas Gutes tun. Wie kann man denken, dass Unrecht Unrecht bedeutet?

"Ich weiß nicht. Ich weiß bei vielen Dingen, die ich denke, nicht, wie ich denke. Bertrand Whittaker zum Beispiel muss aufgehalten werden. Es darf nicht sein, dass er Bunnys Leben antut, auch nicht deins, noch meines. Ich werde ihn zuerst töten. Die Vergangenheit ist vorbei und er hat kein Recht, sie wieder aufleben zu lassen."

"Die Vergangenheit ist vorbei; Ja, die Vergangenheit ist vorbei. Sie sagte, sie hätte dein Bild und das von Bunny vor sich auf der Kommode liegen. Hören Sie sich das an – *Bunnys* Bild. Ich würde gerne wissen, was Bunny für sie ist unter den Umständen, die sie mit ihrem Bild frei machen sollte: Stiefkind, Liebeskind oder Patenkind? Ich glaube nicht, dass eine davon passt, aber sie klingen so erfrischend schockierend, dass es Spaß macht, sie zu benutzen."

„ *Hör auf,* eine Szene zu machen, Sydney! Ich hätte nicht gedacht, dass du es in dir hast, Szenen zu machen und so wilde, bittere Dinge zu sagen. Ich kann jetzt keine *Szene* machen. Siehst du nicht, dass *ich* das nicht kann?"

„Wann hat alles angefangen, Neil? Sag nicht, es hat auf die altmodische Art und Weise angefangen, zur altmodischen Zeit. Sag nicht, es hat angefangen, als Bunny kam."

„Natürlich. Wann, dachtest du, würde es beginnen? Du hast doch nicht erwartet, dass ich Mönch werde, oder? Sydney, lass uns bitte aufhören zu reden und darüber nachdenken, was getan werden muss. Was hältst du davon, wenn wir das Land verlassen und einen Neuanfang machen. In Australien oder irgendwo anders."

"Ein Neustart! Wie verheerend es klingt – nach acht Jahren noch einmal von vorne anzufangen. Das geht nicht, und die Seele lebt noch. Als würde man einem nach einem schrecklichen Tag voller Schlittenfahren in einem arktischen Sturm sagen, dass man ohne Pause und Essen den Rückweg antreten muss. Es war nicht möglich, den Körper am Leben zu lassen. So fühle ich mich."

„Sydney, ruhig. Ruhig, mein Lieber, du musst aufhören. Und hilf mir bei der Planung. Ich muss Giordano finden. Ich sehe es deutlich. Ich muss ihn heute Abend finden. Er wird sich um Whittaker kümmern."

„Oh nein, nein, nein, nein. Du darfst nicht wieder Kontakt zu diesen Männern aufnehmen. Wenn du das versuchst, bist du für immer erledigt. Neil, tu nichts Unüberlegtes. Ich werde mit Bertrand reden, sobald ich Gelegenheit dazu habe. Er wird auf Vernunft hören. Du weißt, wir haben immer gesagt, dass der Tag kommen könnte, und wir haben versprochen, einen kühlen Kopf zu bewahren. Wieder unsere Versprechen! Sie sagte, der Regen, wo sie war, ließ sie an deine Nachtregen denken. Neil, Neil! Was macht das mit unseren Regenfällen, unseren Zügen, unseren Meteoriten, unseren – unseren –." Sie schluchzte jetzt mit einer verzweifelten, tränenlosen Erschöpfung.

„Nichts. Nichts. Es tut ihnen nichts, Liebste. Wir haben unsere Liebe. Bei Romany war das alles, wie wir vereinbart haben, nur ein Symbol. Hörst du mich, Sydney? Hör auf zu weinen. Hör auf. Ich muss etwas erledigen. *Hör auf.* "

Er ging zum Telefon auf dem Ständer zwischen den Betten. Sie schrie.

„Halt dich von diesem Telefon fern, Neil. Kannst du dir nicht vorstellen, was für schreckliche Dinge heute Nacht in diesem Haus passieren könnten? Ein Anruf kann zurückverfolgt werden – du darfst kein Telefon *anfassen* . "

Sie sprang auf ihn zu, aber er hatte den Hörer abgenommen, und sie konnte sich nicht wehren oder mit ihm streiten, solange die Telefonistin das Ohr hatte. Die Nummer, die er nannte, war Audubon 2-1801. Es ging ran.

„Hallo. Crawford am Apparat." Dann *war er immer* in Kontakt mit ihnen gewesen. „Holen Sie Disuno ab, wenn Sie ihn finden. Wenn nicht, dann einen der anderen. Die Adresse ist Bertrand Whittakers, Blue Acres. Vor dem Parktor um drei."

Neil hat aufgelegt.

„Sie haben den Fehler Ihres Lebens gemacht, Neil Crawford. Wenn die Polizei auch nur einen Hauch von dem hört, was Sie gerade getan haben, ist alles vorbei, bis auf das Geschrei, ob Bertrand oder nicht."

„Und es ist mit Sicherheit vorbei, wenn ich nichts tue. Nein, das wird Whittakers Leben oder meins sein."

„Ordway Belknap ist möglicherweise aus einem bestimmten Grund hier."

„Sie haben bessere Männer als Belknap vereitelt."

„Bist du seitdem bei ihnen?"

„Du hast dir nicht eine Minute lang vorgestellt, dass ich woanders hätte sein können, oder? Einmal bei ihnen, immer bei ihnen, was die Unterwelt betrifft. Sie lassen uns nie frei."

„Und du hast mir nie erzählt, wie es dir ergangen ist!"

„Du hättest nicht im Geringsten helfen können. Ich habe Giordano zweimal vom Stuhl gerettet. Und Disuno hat keine Haut und kein Haar, das er mir nicht schuldet. Jetzt brauche ich sie, das ist alles. Und du mein Schatz. Und immer du."

Er nahm sie jetzt in die Arme, aber sie reagierte seltsamerweise nicht. Für sie war der lebendige Funke dessen, was auch immer zwischen ihnen existiert hatte, ob man es nun Liebe nennen kann oder nicht, sie hatte es sowieso nie gekannt, so ausgelöscht, als hätte es ihn nie gegeben.

X

Belknap betrat sein Zimmer kurz vor Tagesanbruch und schaltete das Licht an. Nadia stand an der Wand hinter der Tür, beide Hände an der Kehle, und atmete keuchend. Ihr Gesicht war im plötzlichen Licht so blass wie die Unterseite von Weidenblättern vor oder nach einem Sturm. Hier schien es, als sei der Sturm erst vor einem Moment vorübergezogen.

Belknap sprang auf sie zu und packte sie mit einem Schraubstockgriff an beiden Handgelenken.

„Nadia! Du hast es nicht getan?"

„Nein, nein, ich habe *es nicht getan*, wie du es nennst", flüsterte sie.

"Was *hast* du dann gemacht?"

„Ich bin gerannt, mein lieber Detektiv. Merken Sie das nicht?" Sie versuchte zu lachen.

„Warum? Wovor? Ich dachte, nichts könnte dich jemals erschrecken. Ein für alle Mal, Nadia Mdevani", fuhr er fort, während ihre Augen sich auf seine richteten, „bitte ich dich, dich hier rauszuhalten. Kannst du denn nicht verstehen, warum ich hier bin? Ich bin hier, um Wild zu jagen, und du bist kein Freiwild. Oder vielleicht bist du einfach zu frei." Seine Stimme zitterte. „Wie auch immer, halte dich fern."

„Ich kann nicht, Mr. Belknap. Bei meiner Seele, ich kann nicht. Es steht zu viel auf dem Spiel. Wenn ich die Einzige wäre. Aber das bin ich nicht." Sie reichte ihm einen Zettel, der in ihrer Hand zerknüllt war.

Er nahm es mit zum Tisch und strich es mit der Handfläche glatt.

„Haben Sie die Anweisungen befolgt?", fragte er leise. „War das der Grund für das Rennen?"

„Nein, nein. Ich habe es nicht getan, das steht zu meinem Ehrenwort." Dann riss sie plötzlich die Augen weit auf. „Hinter mir ist jemand im Flur. Hörst du?" Ihr Körper war steif, ihr Gesicht erstarrt.

„Nein", sagte Belknap und passte sich der Sanftheit ihrer Stimme an. „Aber es scheint durchaus möglich. Es *wäre doch* seltsam, wenn Sie und ich heute Abend die einzigen im Haus wären, nicht wahr?"

„Ja", flüsterte sie. Sie standen reglos da. „Es geht die Treppe hinunter. Oh mein Gott, es wird es finden. Tu etwas, Belknap. Schnell, vernichte das Papier, wenn du mich liebst!"

Ein langer, langer Schrei drang wie ein Messerstich von Ecke zu Ecke durch das Haus. Und dann herrschte wieder Stille. Nadia holte tief und zitternd Luft, und als sie sprach, war ihre Stimme stärker.

„Vielleicht sollten Sie lieber nach unten gehen, Mr. Belknap. Irgendetwas scheint nicht zu stimmen."

„Etwas tut es. Du kannst mit mir kommen, wenn du möchtest."

Sie gingen hinunter und zur Tür der Bibliothek, wo es Licht gab. Sydney Crawford stand über einem Körper, der zerknittert auf dem Boden lag. Der Körper gehörte Hartley Blake und wurde so oft und gründlich durchstochen, dass der Teppich dick mit Blut getränkt war.

Sydney begegnete Belknaps Blick mit betroffenem Blick.

„Das habe ich gefunden", sagte sie. „Es tut mir leid, dass ich geschrien habe, aber es kam etwas unerwartet."

Belknap drehte sich auf dem Absatz um und klingelte. Er ging zum Telefon auf Whittakers Schreibtisch und hob den Hörer ab.

„Setzen Sie sich, Mrs. Crawford. Sie auch, Miss Mdevani. Sehen Sie sich die Leiche nicht an. Ich werde die Polizei gleich herbeirufen. Aber vielleicht kann ich Ihnen helfen, Mrs. Crawford, wenn Sie mir etwas zu sagen haben, bevor sie eintreffen. Ich werde mich zweifellos um den Fall kümmern, da ich das Pech hatte, dieses Wochenende in Thorngate zu sein – (Polizei? Hier spricht Ordway Belknap. Sie kennen meinen Namen vielleicht, vielleicht aber auch nicht. Ich bin oben bei Richter Whittaker. Ja, Whittaker. In der Nacht wurde hier ein Mord begangen. Die Leiche wurde gerade entdeckt. Sie sollten lieber einen Sergeant mit ein paar Männern herschicken. Die Gäste müssen, fürchte ich, festgehalten werden. Natürlich einen Arzt abholen. Sie haben recht.)"

Er legte auf und ging zum Diwan, um einen Bademantel zu holen, den er rasch und geschickt über Blakes Körper warf.

„Blake ist tot", sagte er zu Julian und Joel, die gerade aufgetaucht waren. „Die Polizei ist unterwegs. Wenn Sie mich in der Zwischenzeit entschuldigen würden, werde ich mir den Boden ansehen. „Es scheint eine impulsive Angelegenheit gewesen zu sein“, fuhr er fort, „wobei das Messer zurückgelassen wurde.“ Er hob das lange, dünne Papiermesser aus Bronze auf, das mit Blut befleckt etwas links vom Körper lag. Es gab auch ein Spitzentaschentuch für Frauen, das Belknap Sydney anbot.

„Das ist nicht meins“, sagte sie leise.

„Genau wie Sie sagen“, antwortete Belknap und steckte es in seine Tasche. „Wir werden bald wissen, wem es gehört.“

John kam zur Tür.

„Wollten Sie mich, Sir?“

„Das habe ich, John. Wirst du alle im Haus zusammentrommeln, auch das Personal? Es hat einen Mord gegeben. Colonel Blake. Die Polizei wird euch alle zum Verhör haben wollen. Nicht, dass die meisten von euch nicht schon hier wären“, lächelte Belknap in den Raum. Crawford war Julians Fersen gefolgt. Romany und Whittaker waren jedoch noch abwesend.

Belknap beugte sich über die Leiche und untersuchte sie rasch und gründlich.

„Es besteht die geringe Chance, dass wir etwas finden, Mrs. Crawford“, bemerkte er. „Wenn Blake im Schutz der Dunkelheit nach einem versteckten Tagebuch zurückkehrte und dabei umkam, hatte der Mörder vielleicht keine Zeit, ihn zu retten, bevor Sie, oder sagen wir, ich, auftauchten.“

Sydney gab keine Antwort, aber ihre beiden schönen Hände hoben sich in einer kleinen hilflosen Geste der Sinnlosigkeit von ihrem Schoß.

„Es ist ganz offensichtlich“, sagte Julian unerwartet, „dass Sie Mrs. Crawford für den Tod von Colonel Blake verantwortlich machen wollen, Mr. Belknap.“ Ich fühle mich berufen, Sie zu bitten, Ihre Vermutungen, selbst solche Beweise, die Sie möglicherweise haben, aufzubewahren, bis ein Moment mehr im Einklang mit der richterlichen Etikette erfolgt.“

Belknap errötete dunkel.

„Seien Sie nicht zu streng mit unserem Detektiv, Mr. Prentice“, rief Nadia. „Er verdächtigt Mrs. Crawford nicht, etwas mit dieser schrecklichen Angelegenheit zu tun zu haben, aber er wünscht sich sehr, er hätte es getan. Und der Wunsch war der Vater der

Möglichkeit. Er verdächtigt mich wirklich. Darin liegt die Schwierigkeit."

„Verzichte auf die edle Geste, Nadia." Whittaker stand in der Tür. „ *Ich* verdächtige dich selbst, wenn du altruistisch wirst. Ah, Belknap! In deinem Element, wie ich sehe! Ich kann es nicht glauben. Blake ermordet! Dass das in meinem Haus passiert ist. Schrecklich! John sagte, er konnte Romany nicht mit seinem Klopfen wecken, also schickte ich eines der Dienstmädchen in ihr Zimmer. Und ich befahl den Dienern, in der Halle zu warten. Findet das deine Zustimmung, Belknap? Ich werde mich setzen, wenn ich darf. Letzte Nacht und dieser Morgen zusammengenommen sind mehr, als mir gut tut."

Als er schwer in einen Stuhl sank, war an der Eingangstür ein windiges Treiben zu hören, ein unbekümmertes, schrilles Lachen und ein Stampfen von Füßen, das in seiner aufrichtigen Missachtung der Traditionen und Zurückhaltung von Thorngate die Ankunft der Polizei ankündigte. Belknap ging auf die Tür der Bibliothek zu.

„Hier entlang, Sergeant. Wir haben auf Sie gewartet."

„Verletzen Sie mich nicht, Belknap", kam eine angenehme, klangvolle Antwort aus dem Saal; und ein Mann von mittlerer Statur, mit klaren, blauen Augen und goldbronzefarbenem Haar, stand ihm im Türrahmen gegenüber. "Dein ergebener Diener. Es ist schön dich wiederzusehen. Es tut mir nur eines leid, dass du mir wie immer zuvorgekommen bist."

"Beere! Warum, lebendiges Land, wo kommst *du* her? Machen Sie sich keine Sorgen, dass Sie einen Schritt hinter mir zurückbleiben. Es wird für uns beide genug sein. Kommen Sie herein. Whittaker, Sie kennen Lieutenant Berry. Es gibt im Raum nur eine Person, die wichtig genug ist, dass Sie sie im Moment treffen können. Berry, das ist Colonel Blake. Colonel, Lieutenant Berry ist gekommen, um zu sehen, was er für Sie tun kann." Belknap deutete mit einer Handbewegung auf die Leiche. „Du hast einen Arzt mitgebracht? Es wird praktisch sein, zu wissen, wann der Tod eingetreten ist."

"Ja. Doktor Giles ist hier. Giles", rief er. „Machen Sie sich an die Arbeit, ja? Kommen Sie herein, Sergeant. Das ist Sergeant Stebbins, Ordway Belknap; Belknap, Sergeant Stebbins. Nun, alter Mann, was ist die Geschichte? Je früher wir den Duft wahrnehmen, desto besser. Wann seid ihr angekommen?"

„Bevor der Ärger begann. Das kann uns helfen, vielleicht auch nicht. Was sagen *Sie* , Whittaker? Soll ich-"

Johns Stimme war im Saal zu hören.

„Oh, Richter! Lily ist die Treppe hinuntergefallen. Ich glaube, es ist eine Ohnmacht, Sir."

„Nimm sie hoch", sagte Whittaker.

John und zwei Polizisten hoben sie auf die Couch in der Bibliothek.

Berry warf ihr einen Blick zu.

„Wenn der Aberglaube, dass das Objekt zuletzt gesehen wurde, Spuren im Gesicht hinterlässt, würde ich sagen, dass deine Lily Dinge gesehen hat! Wo war *sie* ?"

„In das Zimmer eines der Gäste", sagte Belknap. „Vielleicht sollten wir mal einen Blick darauf werfen."

Doch Lily öffnete beide Augen und blickte glasig an die Decke.

„Miss Romany ist steifer als ein Posten", sagte sie.

XI

„Sergeant", sagte Belknap schnell, „werden Sie und Berry in Miss Videos Zimmer gehen? John, zeig sie. Möglicherweise bemerken Sie, dass hier mit den Dingen etwas nicht stimmt. Es *gibt* . Und ich muss allein mit dem Richter sprechen. Er ist derjenige, der es zum Stillstand bringt – wenn noch Zeit ist."

Er packte Whittaker am Arm und führte ihn halb, halb schob er ihn ins Esszimmer. Berry und Stebbins schafften die Treppe zu dritt hintereinander. Julian zerrte Joel auf die Terrasse vor den Fenstern.

„Julian – *Liebling* ", protestierte Joel, „ *bitte* lass mich in Ruhe." Ich muss ins Bett gehen. Ich bin krank, wirklich; und das gilt auch für den armen Onkel Bertrand. Hast du nicht gesehen, wie schrecklich er aussah?"

„Jetzt mach deinen Onkel Bertrand nicht vor mir fertig, Joel. Wenn du anfängst, ihn zu verteidigen, jetzt wo er in einer solchen Zwickmühle steckt, trennen sich unsere Wege. Er ist ganz klar für das ganze Durcheinander verantwortlich. Und wage es nicht, vom Zubettgehen zu reden. Ich muss *mit* dir reden – mit dir oder jemand anderem – oder ich platze einfach. Und ich weigere mich, vor Belknap zu platzen. Das musst du mir ersparen, Liebling. Jetzt hör mir zu." Seine Stimme wurde fast zu einem Flüstern. „Ich habe eine Ahnung – eine *Ahnung* , hörst du mich? Eine greifbare Ahnung! Liebling, schließ deine Augen *nicht* . *Schau.* "

Julian zog ein kleines Narrenkappenquadrat hervor, auf dem Buchstaben standen, die für Joel ebenso unverständlich waren wie Hieroglyphen. Joel rieb fieberhaft das Faltennetz aus und blinzelte darauf, als wäre sie kurzsichtig.

„Oh, Julian, davon will ich nichts wissen. Lassen wir uns da nicht einmischen. Lasst uns weglaufen, tut es."

" *Renn weg!* Mich? Warum es die Chance meines Lebens ist, mir einen Namen zu machen. Sie werden doch nicht die Sorte Frau sein, die ihren Mann am Vorabend seiner Karriere bittet, sich für sie zu opfern, oder?"

„Nein-o – ich habe nur Angst davor, wie vor einer Bombe. Mir wäre es lieber, wenn sich jemand anderes darum kümmert. Bringen wir es zu diesem Sergeant oder Mr. Belknap oder Lieutenant Berry. Vielleicht ist es wirklich wichtig."

„ *Vielleicht* ist es wichtig. Ich mag es. Es *ist* wichtig. Es ist eine Codenachricht. Ein *Code* . Und Codes sind mein zweiter Vorname. Wusstest du das nicht, Liebling? Gut im Rechnen, mittelmäßig in Geographie, schlecht im Benehmen, Rang in der Rechtschreibung; aber perfekt in Codes. Ich weiß genauso viel über Codes wie dieser Philo-Vance-Mann über alle anderen Themen zusammen. Ich habe eine Idee, die er paukt, während ich Codes zu meiner Lebensaufgabe gemacht habe. Begann in der Grundschule hinter den alten Schreibtischplatten, die wir früher hatten, erinnern Sie sich, als das, was man oben lernte, nichts im Vergleich zu dem war, was man im Verborgenen lernte.“

„Oh, Julian, hör auf zu täuschen. Wenn Sie in eine Ihrer albernen Launen geraten, werden selbst diese Morde nicht mehr ernst zu nehmen sein. Um Himmels willen, wenn Sie so viel über Codes wissen, halten Sie mich nicht in Atem.“

„Es ist ein schwieriger Code, Joel. Einer der härtesten. Das japanische Ding, das sie während des Krieges benutzten. Aber ich habe es herausgefunden. Hören. „Blake hat die STC-Drähte angezapft. Dieses Wochenende ist Ihre Chance. Hol ihn dir.““

„An wen gerichtet?“

„ *Angesprochen* , Dummkopf! Sie hätten nicht gedacht, dass sie einen Code schreiben und sich damit befassen würden, oder? Wenn es überhaupt hierher kam, dann natürlich per Bote. Aber es ist unwahrscheinlich, dass es hierher gekommen ist. Wer es erhielt, brachte es mit.“

„Und wenn wir wüssten, wer es erhalten hat, würde es zumindest den Mord an Colonel Blake klären, nicht wahr? Oh, Julian, du *bist* schlau. Wo hast du es bekommen?"

„Auf der Treppe, als ich herunterkam.“

„Julian, es ist ein Wunder, dass du noch lebst! Zu glauben, dass *Sie* der Erste waren, der bei all diesen großartigen Detektiven einen Hinweis gefunden hat. Und wo warst du die ganze Nacht? Ich wartete und wartete – und machte mir Sorgen und Sorgen – Warum bist du nicht zurückgekommen?“

„Joel, es tut mir so leid. Das bin ich wirklich. Aber weißt du, was ich getan habe, Liebste? Ich bin schlafen gegangen."

"Schlafen *?* "

„Schlafen, das habe ich gesagt." Julian kam vor ihrem vorwurfsvollen Ton zu seiner eigenen Rettung. „Was ist daran so lustig? Ich war müde. Ich ging in das Zimmer deines Onkels und er war nicht da. Also habe ich gewartet. Ich stieg in der Lounge aus. Soweit ich weiß, ist er nie zurückgekommen. Als ich aufwachte, waren es nur Stunden. Ich hatte nichts gehört. Und als ich den Saal betrat, wurde ich von Mrs. Crawfords Weckruf begrüßt."

„Julian, wie *kannst* du so etwas sagen? Wenn es mir auch so schrecklich geht. *Lass* mich irgendwie ausruhen, Liebes. Mein Kopf – meine Augen – Nein, dafür ist keine Zeit, ich weiß. Wir müssen Ihren wunderbaren Hinweis zu Mr. Belknap bringen."

„Nicht Belknap, Schatz. Belknap niemals. Er hat den Blick eines Fanatikers und das gefällt mir nicht. Vielleicht Berry, irgendwann. Ich bevorzuge Baumwolle gegenüber Berry. Aber ausnahmsweise jage ich alleine. Mit etwas Glück könnte ich Wunder vollbringen. Dir muss klar sein, dass ich einen deduktiven Verstand habe – und auch einen *verführerischen* , Liebling."

„ *Bitte – nicht*. Ich kann nicht mit dir spielen. Wir müssen gehen-"

Julian hätte schwören können, dass zwei Schüsse in schneller Folge im Inneren des Hauses fielen, und sofort war klar, wohin sie gehen sollten. Zwei Polizisten mit Waffen in der Hand und stockendem Atem huschten um die gegenüberliegenden Ecken des Hauses.

„Gefangenenlager oder Run Sheep Run?", fragte Julian erfreut. „Oder einfach nur Fangen, so wie es ist?", fügte er hinzu und eilte ihnen in die Bibliothek voraus. Nadia saß allein im Zimmer – Blakes Körper lag fast zu ihren Füßen. Ihr Kopf lag auf dem Sofa. Eine brennende Zigarette hing zwischen ihren sehr roten Lippen. Sie hatte sich Zeit genommen, um sich zu schminken. In dem mehr als sonst maskenhaften Gesicht war nicht der geringste Ausdruck zu sehen. Und es entspannte sich auch nicht, als Belknap die Tür zum Esszimmer öffnete und nach Doktor Giles fragte.

„Schnell. Ich fürchte, sie haben Whittaker. Wo zum Teufel ist die Polizei?"

Whittaker lag zusammengekauert über dem Tisch, das Gesicht in den Armen. Dr. Giles' rasche Untersuchung ergab, dass er von hinten angeschossen worden war. Die Kugel war unter dem linken Schulterblatt eingedrungen, durch das Herz gegangen (der

Tod trat sofort ein) und im Tisch stecken geblieben, wobei sie das Holz tief zersplittert hatte. Berry bemerkte Letzteres.

„Das war aus kurzer Entfernung", sagte er. „Sind Sie *sicher*, dass niemand sonst im Raum war, Belknap? Könnte jemand hinter Sie beide geschlüpft sein?"

„Das scheint sehr unwahrscheinlich. Ich hätte sagen sollen, der Schuss kam aus der Richtung der Bibliothek. Aber ich selbst stand genau vor dieser Tür."

„Es wurden zwei Schüsse abgefeuert", sagte Julian.

„Ich bitte um Verzeihung, Mr. Prentice." Belknaps Rede war kurz. „Wie Sie sehen, wurde ein Schuss abgefeuert."

„Nicht unbedingt. Nicht jeder Schuss trifft sein Ziel."

„Zugegeben. Aber das wird sich zu gegebener Zeit herausstellen."

Sergeant Stebbins war seit seiner Ankunft ein starker und schweigsamer Mann gewesen. Er war ein Mann mit eckigem Kopf, roten Wangen und dicken Hängebacken, und auf jeden, der nicht vorsichtig mit ihm umging, wirkte er wie eine Steinmauer und nicht wie ein Hindernis. Und etwas in Belknaps letzter Bemerkung schien ihn aufgebracht zu haben.

„Aber natürlich!", brummte er. „Aber natürlich! Ich schätze, das ist der Grund für das ganze Problem hier. Sie haben sich Zeit gelassen, nicht wahr? Aber natürlich! Haben Sie bei all Ihrer raffinierten Detektivarbeit nicht gemerkt, dass man bei einem Mord schnell handelt, bei zweien sofort eingreift und bei dreien kein Blitz eingreifen sollte? Es tut mir leid, das sagen zu müssen, aber ich glaube, es liegt kriminelle Fahrlässigkeit vor, Detective. Drei Morde in ebenso vielen Stunden sind meiner *Beobachtung nach ein ziemlicher Rekord*, und das sozusagen direkt vor Ihrer Nase. Es ist eindeutig meine Pflicht, alle im Haus zu verhaften. Sie können verdammt froh sein, dass ich Sie nicht mit einschließe. Jetzt kommen wir zur Sache. Eine kleine Zeugenbefragung kann nicht schaden. Wer war in der Bibliothek, als der Richter seine Tat beging?"

„Das war ich. Und ich war allein dort." Nadia war verächtlich.

„Das habe ich mir gedacht, Lady", sagte Stebbins. „Du siehst so nett aus. Wir beginnen bei Ihnen. Der Rest von euch kann hier verschwinden; und warte dort drin, bis du an der Reihe bist." Mit einer Daumenbewegung deutete er auf die Bibliothek.

„Eine Minute, Sergeant", warf Belknap kalt ein. „Mein Impuls ist natürlich, dich am Hals zu packen und rauszuwerfen, im Gegensatz zu deinem albernen Nickelabzeichen. Aber so seltsam es Ihnen auch vorkommen mag, ich verspüre ein geradezu teuflisches Verlangen, dieser Reihe von Gewaltverbrechen auf den Grund zu gehen, die mir ein schönes Wochenende verdorben haben. Dass ich zufällig in inoffizieller Funktion anwesend war, könnte in gewisser Weise ein Unglück sein. Privat gesehen ist es so. Aber es hat mir auch bestimmte Aspekte einer außergewöhnlichen Situation gezeigt, zu denen man niemals gelangen könnte, wenn man sich selbst mit blauem Gesicht in Frage stellen würde. Ob Sie mein Angebot nutzen möchten oder nicht, ist *eine andere* Frage. Ich versichere Ihnen, dass es für mich vollkommen angenehm wäre, mein eigenes Kanu zu paddeln und Sie Ihr eigenes Kanu paddeln zu lassen."

„Warte mal, Jungs", unterbrach Berry leise. „Mein lieber Stebbins, Sie und Belknap sollten sich in dieser Angelegenheit besser zusammentun. Ich bin mir sicher, dass wir alle entschlossen sind, die Dinge so schnell und zügig wie möglich zu klären. Ihnen und mir ist natürlich klar, dass sich Herr Belknap in einer höchst peinlichen Lage befindet; und es ist mehr als anständig von ihm, an dem Fall festzuhalten. Aber da er zugestimmt hat, sich uns anzuschließen, denke ich, dass *uns* der Vorwurf der Fahrlässigkeit drohen sollte, wenn wir seine Aussage verweigerten, nicht wahr? Außerdem können Sie verstehen, dass er und ich ein Gleichgeschlecht sind und die gleichen Atemwege haben müssen. Wenn du ihn verlierst, verlierst du mich."

Stebbins änderte murrend seinen Ton. „Machen Sie es auf Ihre Weise, Mr. Berry. Machen Sie es auf Ihre eigene Art und Weise. Ich bin mir sicher, dass Herr Belknap wertvolles Material beisteuern kann – nur je früher er damit zu tun hat, desto besser und sicherer für alle Beteiligten."

XII

„Behalten Sie Ihre Meinung, bis sie gefragt ist, Mann", sagte Belknap knapp. „Oder bis Sie sich einigermaßen auskennen." Er schwang sich auf dem Absatz und machte eine herrische, umfassende Geste, die den Raum von momentan irrelevanten Personen säuberte.

„Raus hier", befahl er.

Als sich die Tür hinter der sich zurückziehenden Gruppe schloss, die versuchte, mit Würde zu verschwinden, es aber irgendwie nicht schaffte, mehr als den Eindruck einer ungeordneten Rebhuhnbrut zu erwecken, die in ein Dickicht huscht, kehrte Belknap zu Berry und dem Sergeant zurück.

„Nun", sagte er, „fangen wir beide von vorne an. So viel gebe ich Ihnen. Ich werde Ihnen erzählen, was ich bisher gesehen und gehört habe. Danach kann ich nichts mehr versprechen." Er lächelte mit düsterem Spott. „Es gibt Schlussfolgerungen und Schlussfolgerungen – *und* Schlussfolgerungen. Und was ich aus einem bestimmten Detail schließe, kann sich stark von dem unterscheiden, was Sie daraus machen. Andererseits muss es auch nicht so sein: ‚Große Geister', sagt man. – Wie dem auch sei, machen wir kein Mädchenwohnheim daraus und hängen uns gegenseitig Geheimnisse auf. Ich habe immer ein Einzelgängerspiel gespielt und werde es immer spielen. Ich bin ein Akela oder nichts. Also müssen Sie –"

„Das werden wir, Belknap, das werden wir. Mach dir keine Sorgen um uns", unterbrach ihn Berry sanft und versuchte, eine leichte Verlegenheit zu verbergen. „Jetzt müssen wir los, oder? Bevor der Körper deines Freundes hier kalt wird. Beeil dich, Belknap, mach dich bereit. Jede Sekunde kann zählen."

Belknap musterte Whittaker mit einem schnellen, halb abgewandten Blick, und ein Schmerzkrampf zuckte in den angespannten kleinen Muskeln, die schräg über sein kantiges Kinn gespannt waren.

„Gott sei ihm gnädig", sagte er mit gesenkter Stimme. „Obwohl er es nicht verdient, fürchte ich", fügte er hinzu und verhärtete sich sofort, wie es ein Mann tut, der es nicht mag, von einem Gefühl überrascht zu werden. „Zuallererst müssen Sie wissen, dass er größtenteils für den Streit verantwortlich ist, den er vermutlich mit St. Peter führt. Ich werde jetzt keine kostbare Zeit damit verschwenden, mich mit der Geschichte zu befassen. Es ist ziemlich kompliziert. Der Punkt, den Sie zunächst einmal wissen müssen, ist, dass er letzte Nacht eine heimliche, unauffällige Tat begangen hat, die das Haus völlig in den Wahnsinn getrieben hat, wo es noch immer steht. Unter dem Vorwand, uns zu unserer Unterhaltung ein Stück Originalmanuskript vorzulesen, machte er daraus eine Passage aus seinem Tagebuch, in der – mit Namen geheim, aber ganz offensichtlich – einer seiner anwesenden Gäste als ehemaliger Mörder entlarvt wurde. (Neil Crawford, der Mann im Abendkleid.) Was die Sache noch verschärfte, war, dass er beim Abendessen behauptet hatte, dass das Tagebuch kurz vor der Veröffentlichung stünde, wobei er echte Namen nannte, auch seinen eigenen. Ich bezweifle irgendwie, dass die Behauptung wahr ist. Aber wir können es überprüfen. Wie dem auch sei, wie Sie sich vorstellen können, gab es in unserer Mitte in den letzten acht Stunden keine Freundlichkeit oder Geselligkeit. Ich hatte geahnt, dass es Probleme mit dem Wind gab. Tatsächlich hatte mir der Richter zu verstehen gegeben, dass er auf Blut aus war.“

„Ich wollte, dass Sie ein Auge auf Crawford haben, für den Fall von – von Repressalien, ist es das?“ Berry machte sich, während er die Frage stellte, rasch Notizen. Er war ein methodischer Mann, dieser Berry, und obwohl er ein ausgezeichnetes Gedächtnis hatte, weigerte er sich, sich darauf zu verlassen.

„So etwas in der Art.“

„Und wann gab es die ersten Sturmwarnungen?“

„Sofort“, fuhr Belknap fort und ging ruhelos im Zimmer auf und ab. „Und genau dort machte ich irgendwie meinen ersten Fehler. Und nachdem ich die Spur einmal verloren hatte, befürchte ich, dass ich noch oft Fehler gemacht habe. Tatsächlich, so wie ich es jetzt sehe, habe ich wahrscheinlich schon früher einen schwerwiegenden Fehler gemacht, als ich einen aus der Gruppe entkommen ließ, ohne auch nur den Befehl zu erteilen, seine Spur aufzunehmen. Ein Mann namens Milton Dorn ist gestern Abend direkt nach dem Abendessen abgereist – obwohl ich sicher bin, dass er nicht vorhatte, vor dem Morgen abzureisen. Zweifellos steckt nichts weiter dahinter, als dass er lästige Komplikationen voraussah; aber er ist jemand, den man im Auge behalten sollte.“

„Um noch einmal darauf zurückzukommen, was passiert ist, nachdem der alte Mann reinen Tisch über diesen Crawford gemacht hat“, knurrte Stebbins, und sein Misstrauen gegenüber dem berühmten Detektiv ließ nur langsam nach. „Was ist damit?“

Belknaps unverwundbare Selbstgefälligkeit wirkte sich auf Stebbins und Berry völlig unterschiedlich aus. Sie weckte in dem Sergeant eine verwirrte, sture Wut, wie sie der englische Bauer gegenüber einem arroganten Jäger empfindet, der achtlos seine Zäune nimmt, auch wenn der Jäger keinen wirklichen Schaden anrichtet. Berry hingegen verstand Belknaps natürlichen Stolz und wusste, was ihn nährte, und wünschte sich nur, dass ein Mann von so großem beruflichen Ansehen die Bedeutung von Demut kennen sollte. „Vielleicht kommt der Tag", dachte Berry im Vorbeigehen, „an dem er in einem wichtigen Fall scheitert und, indem er sein Haupt senkt, sein Herz senkt."

„Darauf wollte ich gerade hinaus", sagte Belknap. „Verzeihen Sie mir, dass ich die Fakten nicht schnell genug und nicht klar genug vorgetragen habe. Meine eigenen Gedanken führen mich in die Irre. Jeder einzelne Punkt, den ich zu Ihrem Nutzen durchgehe, gibt mir Anlass, noch einmal darüber nachzudenken. Um noch einmal zurückzukommen: Whittaker las sein Tagebuch. Plötzlich, in einem ungünstigen Moment der grausigen Geschichte, verriet sich Crawford, falls das nötig war, durch einen Ruf seiner Frau nach Wasser und Hilfe. Offenbar war sie so verwirrt von der Katastrophe, die über die Familie hereinbrach, dass sie eine weitere Katastrophe Hals über Kopf hereinbrechen ließ. Denn sie zögerte lange genug, zu ihrem Mann zu gehen, um seiner Geliebten – diesem kleinen rothaarigen Biest, das Sie gerade oben gesehen haben – zu erlauben, ihm um den Hals zu fallen und zu beweisen, wie *sie* da standen. *Auch* falls ein Beweis nötig war. Aber es brachte Mrs. Crawford zur Besinnung, und *sie* war gerade dabei, Miss Video in einen Dreispitz zu hauen, als Colonel Blake zu erwägen schien, den Richter in einen Dreispitz zu hauen. Dann gingen die Lichter aus. Das *würden sie* ! Nun, anstatt dem Richter zu Hilfe zu eilen, was ich wohl hätte tun sollen, verbrachte ich meine Zeit damit, die Lichter wieder einzuschalten. Als sie angingen, boten sie ein ziemliches Durcheinander. Whittaker war ziemlich niedergeschlagen von dem, was wohl ein Schlag mit Tötungsabsicht gewesen sein muss. Mrs. Crawford und Miss Video sahen sich gegenseitig mörderisch an. Crawford schien kurz davor zu stehen, an Herzversagen zu sterben."

„Wer stand wo?"

„Die ‚ausländische Dame', wie Sie sie nennen, Sergeant, stand dem Richter am nächsten. Blake schien ihn nicht erreicht zu haben. Möglicherweise war er jedoch vor Ort und zog sich zurück. Der Rest war, soweit ich mich erinnern kann, wie zuvor."

„Meine Güte, Hemlocktanne! Ziemlich gute Auswahl, oder?“ Stebbins war vor Aufregung errötet und vergaß den Chip auf seiner Schulter. „Was kommt als Nächstes, Herr Belknap?“   ·

„Für eine Weile nicht viel. *Zu* wenig. Es war bedrohlich. *Ich* konnte wirklich nicht viel tun. Alle gingen zu Bett oder taten zumindest so. Ich glaube, sie wären gestern Abend alle nach Hause gegangen, aber sie schämten sich geradezu, das vorzuschlagen. Oder vielleicht hatten sie wie ich das Gefühl, dass ein böser Traum mit dem Morgen verschwinden könnte. Vielleicht ist das die beste Entschuldigung, die ich dafür habe, dass ich in der Krise nicht viel Gutes geleistet habe. Ich half Whittaker nach oben und schlug ihm vor, sich bei Crawford zu entschuldigen und die Luft zu reinigen. Ich sagte, er würde das Haus in eine ziemliche Zwickmühle bringen – ganz zu schweigen von der tatsächlichen Gefahr für ihn selbst. Aber er war schlecht gelaunt. Er war in letzter Zeit krank gewesen und nicht er selbst. Auch davon erzähle ich Ihnen später. Jedenfalls blieb er bei seiner Meinung. Er war nicht schwer verletzt, obwohl es möglich gewesen wäre. Eine leichte Kopfwunde, die neben allem anderen jemand erklären muss.“

„Hatte *er* irgendwelche Ideen?“

"Keiner. Wir haben über den Verlust des Tagebuchs gesprochen. Aber das schien ihn auch nicht sonderlich zu beunruhigen. Ich kann mir vorstellen, dass die Drohung, es zu drucken, lediglich ein Trick war, um Crawford seinen Standpunkt noch schrecklicher klarzumachen. Armer Crawford.“

„Armer Crawford!“ Stebbins schnaubte. „Hast du keine Augen im Kopf, Belknap? Ich habe diesen Kerl im Anzug sofort gesehen, als ich hier reingekommen bin. Ich werde *ihn* im Handumdrehen auf Toast haben. Ein bisschen grobe Sache und er wird –“

„Verlust des Tagebuchs?“ fragte Berry, nachdem er seine Notizen nachgeholt hatte und ebenso wie Belknap die Tatsache ignorierte, dass Stebbins gesprochen hatte. "Wie meinst du das?"

"Was ich sagte. Es verschwand während des Aufruhrs. Nicht, dass es eine große Rolle spielt. Ich kann Ihnen genug von dem erzählen, was über Crawford gesagt wurde, um zu sehen, dass er zweifellos verurteilt wird, wenn das der Fall ist, in den wir ihn bringen wollen. Irgendwie glaube ich, dass das nicht der Fall ist.“

"Wir werden sehen. Und nachdem Sie sich alle zurückgezogen haben – was dann?“

„Nichts, mein lieber Berry. Ich war ein Nachtschwärmer; mehr als sonst, obwohl ich in meinen besten Zeiten die meiste Zeit der Nacht auf den Beinen bin. Schläfer schlecht. War ich schon immer. Das vielleicht aussagekräftigste Beweisstück, das ich während meines schlaflosen Umherwanderns aufschnappte, war meiner Überzeugung nach ein flüchtiger Blick auf den verschwundenen Dorn. Von einem oberen Fenster aus sah ich eine Gestalt, bei der ich schwören könnte, dass es seine war, die unter der Terrassenmauer entlang und in das Gebüsch an der Nordecke lief. Sie bewegte sich mit extremer Geschwindigkeit und so leichter Tritte, dass ich fast unsicher war, ob ich mehr als einen Schatten sah. Wäre da nicht ein Zweig gebrochen, als er verschwand, hätte ich ihn als Schatten durchgehen lassen. Ich ging sofort hinunter und auf der gegenüberliegenden Seite herum, in der Absicht, ihn zu umgehen, aber obwohl ich mindestens eine halbe Stunde lang in einer Nische des Nordflügels verborgen blieb, tauchte er nie auf.“

„Das war’s also. Interessant, aber nicht besonders hilfreich. Wem sind Sie in der Nacht sonst noch begegnet?“

"Mit mehreren. Jeder hatte den Anker gezogen und trieb. Miss Video verbrachte einige Momente in Whittakers Zimmer. Ich glaube, er hat sie dort gefunden, als er hinaufging. Und sie scheint ihn dazu verleitet zu haben, den Besuch zu erwidern. Denn Mr. Prentice, der junge Mann im Negligé, verbrachte die meiste Nacht schlafend in Whittakers Zimmer und wartete auf die Rückkehr des Abwesenden. Möglicherweise hatte *er es auf den Richter abgesehen.*“

„Oder der Richter bei Miss Video? Was ist mit Crawford?“

„Ich habe ihn nie gesehen. Was aus ihm geworden ist, weiß ich nicht. Wahrscheinlich war er der Einzige, der ruhig zu Bett ging und eine Frau hatte, die dafür sorgte, dass er zugedeckt wurde. Ich traf Miss Lacey ziemlich spät in der Bibliothek. Sie sagte, sie sei auf der Suche nach einer Armschiene und auf der Suche nach ihrem Verlobten. Sie ist mit dem jungen Prentice verlobt. Und sie ist Whittakers Nichte, wie Sie zweifellos wissen. Ich begleitete sie in ihr Zimmer, da sie nervös war. Und bald darauf kam ich zu dem Schluss, dass sich die Spannung der Situation zumindest vorerst entspannt hatte, und kehrte der Sache den Rücken. Aber ich hatte kaum mein Zimmer betreten, als Miss Mdevani zu

Besuch kam. Sie war ziemlich zusammenhangslos, aber bevor ich überhaupt verstehen konnte, worum es ging, hörten wir die erste Todessendung. Mrs. Crawford hatte den Colonel gefunden. Sie sagt, *sie* habe nach ihrem Mann gesucht, was vermuten lässt, dass er gar nicht im Bett war, ebenso wie die Kleidung, die er trägt. Oder sie versucht, *ihre* Spuren zu verwischen.“

„Sie glauben nicht, dass Ihre Miss Mdevani – sozusagen frisch von der Jagd – war? Ihr Benehmen könnte darauf schließen lassen.“

„Natürlich habe ich daran gedacht. Wer würde das nicht? Aber – nun, nach dem Tod von Miss Video und dem des Richters habe ich sie eher verworfen. Ich glaube, alle drei sind das Werk einer einzigen Person. Eine Frau ist selten eine gute Massenmörderin.“

„Zugegeben. Aber sie ist verdammt schlau. Ihre Vergangenheit ist nicht gerade rosig, wie wir alle wissen. Obwohl ich zugeben muss, dass die Motive, wie wir sie haben, nicht zu ihren Gunsten ausfallen. Dieser Crawford hat genug Motive für zwei – vielleicht sogar für ein drittes, denn wenn er das Tagebuch zerstören wollte, was durchaus möglich ist, und Blake der Erste wäre, der es schnappt, müsste Blake vielleicht sterben. Ja, es sieht düster aus für Mr. Crawford. Was sagen Sie, Sergeant?“

„Genau mein Gefühl. Es sieht ganz düster aus für Mr. Crawford. Wer einmal tötet, kann noch einmal töten, und zwar leichter. Komm schon: Lass uns ihn kalt erwischen, bevor er abhaut. Und bevor noch mehr geschossen wird. Ein, zwei, drei Morde –“

Dreizehnte

Die Worte waren kaum ausgesprochen, als die Luft erneut von Schüssen zerrissen wurde. Von irgendwoher kam ein sehr scharfer Knall: aus dem Hof, dem Keller oder dem Dienstbotenflügel. Er war das Signal für eine Hals-an-Kopf-Rückkehr der anderen aus der Bibliothek ins Esszimmer.

„Wenn das in der Küche war", sagte Julian, der den Wiedereintritt einen Meter weit anführte, mit feierlicher Strenge, „sieht es für mich so aus, als hätten sie neutrales Gebiet angegriffen, und dagegen *sollte etwas unternommen werden.*"

Sergeant Stebbins, der ein feineres Gehör für Anweisungen zu haben schien, öffnete hastig das Fenster, das die Aussicht freigab, und rief mit dem lauten Akzent des Gesetzes:

„Sagt mal, was soll das Schießen, ihr Idioten? Habt ihr keine Fesseln? Was habt ihr gesehen, einen Eselhasen?"

„Wir haben nicht geschossen, Sir", ertönte eine Stimme aus der Ferne wie durch einen Trichter. „Da hinten unter der Veranda ist jemand. Vermutlich haben sie versehentlich geschossen."

„Versehentlich, verdammt! Hol sie dir."

Offenbar versuchte man, seinem Befehl genauestens Folge zu leisten, denn dem Feuergefecht nach zu urteilen, war es nur noch eine Frage von Sekunden, bis ein regelrechtes Gefecht im Gange war.

„Hallo, wartet auf mich!" Sergeant Stebbins, der vor Pflichtbewusstsein nur so strotzte, wandte sich dem Zimmer zu. „Ihr Leute bleibt, wo ihr seid, wenn ihr wisst, was gut für euch ist. Ich schätze, wir haben ihm Hausarrest erteilt – und zwar verdammt viel schneller, als ich dachte."

„Dorn!", rief Julian. „Das zeigt doch nur, dass der erste Verdacht im Allgemeinen der richtige ist."

Joel lehnte schwach an der Anrichte und schluchzte in kleinen, keuchenden Atemzügen wie ein erschöpfter Läufer. Sie hielt ihren Kopf zwischen ihren Händen, um ihre Ohren vor dem Lärm zu schützen.

„Ich kann es nicht mehr ertragen. Ich kann nicht. Oh, ich kann es nicht ertragen. Schalten Sie das Schießen aus. Schalte es aus!" Sie weinte.

„Es ist nicht das Radio, Liebling", sagte Julian leise und legte seinen Arm um ihre Schultern. „Obwohl ich zugeben muss, dass es sich wie die Colt-Revolver-Stunde oder so anhört. Was Sie für statisch halten, wird abseits der Bühne von der Haushälterin und dem Dienstmädchen Lily produziert, die in der Speisekammer schnell ihre Hemmungen verlieren. Hör zu, Liebes, ich *möchte* sehen, was los ist." Es kam zu einem erneuten Schusswechsel. „Kann ich bitte nicht zum Gitter gehen und für deinen Ivanhoe eine Rowena sein?"

„Oh, geh mit. Geh weg. Es ist mir egal, was du tust. *Julian* , geh nicht in die Nähe dieses Fensters. Du wirst getötet."

Aber Julian hatte ihre ersten Worte für bare Münze genommen.

„Viel Munition verbraucht und nichts getan", verkündete er aus einer gewagten Haltung mit Blick auf den Rasen. „Dieser Mann Dorn wird Zeit haben, sich unter dem Haus auszugraben und durch das Eingangstor darauf zu rennen. Der Sergeant hat alle seine Männer von der Westfront abgezogen, um dieser unerwarteten Offensive standzuhalten; und ich bin mir sicher, dass es ein unsinniger Schachzug ist. Hast du das bekommen?"

„ *Hör* auf, Julian! Wenn Sie der Typ Mann sind, der in einem solchen Moment Wortspiele machen kann, sind Sie nicht zum Heiraten geeignet. Und ich *werde* dich niemals heiraten – niemals, niemals – *Komm* weg von diesem Fenster."

„Keine Sorge, bisher geht alles in die falsche Richtung. Die Polizei wartet darauf, das Weiße in ihren Augen zu sehen. Und dazu braucht es Fernsehen, wenn man bedenkt, wo sich der Feind versteckt."

Das dachte offenbar auch Sergeant Stebbins. Die Störung kam von unterhalb der Veranda des Dienstbotenflügels, und vom Boden der Veranda bis zum Boden, ein Gefälle von acht bis zehn Fuß, umschloss ein feinmaschiges Gitter einen Gartengeräteraum und bildete einen ummauerten Durchgang zum Garten Keller. Die Außentür war geschlossen, zweifellos verbarrikadiert. Stebbins hatte es mit dem Keller versucht und festgestellt, dass dieser verschlossen und versiegelt war. Aber er hatte sich für eine Quetschtaktik entschieden. Zwei seiner Männer, die im Keller stationiert waren, sollten im Moment eines unterstützenden Angriffs vom Hof aus durch die Innentür stürmen.

Ohne Vorwarnung gab Sergeant Stebbins sein Zwei-Schuss-Signal. Und der Lärm war an. Julian, ganz blass, trat einen Schritt zurück und hielt sich die Hand vor die Augen.

„Zittert mir der Kragen!", sagte er mit einem tiefen, zitternden Schauder. „Gott helfe, wer auch immer es ist. Er hat Mumm."

Der Geruch von Schießpulver war in den Raum gedrungen. Unter den Füßen war das Geräusch der zersplitternden Tür irgendwie ergreifender als die eigentlichen Schüsse. Die Anspannung und das Elend der fünf im Speisesaal erreichten einen unerträglichen Höhepunkt. Der Verlust des zurückhaltenden Einflusses, wenn auch kein glücklicher, von Belknap und Berry, die als Stabsoffiziere an die Front gegangen waren, neigte dazu, die Moral, die noch vorhanden war, zu untergraben. Joel stöhnte, als wäre sie verwundet worden. Sydney Crawford hielt mit starren Augen Neils Arm zwischen ihren beiden Händen, bis jeder Knöchel weiß hervortrat. Neil zitterte von Kopf bis Fuß, wie ein Mann nach einem zu langen Bad in kaltem Wasser zittert.

Plötzlich war es wieder Stille, die ohrenbetäubend schien, wie ein vom Blitz zerrissener Wolkenbruch, der auf Donner trifft. In dieser Stille verlor Nadia Mdevani, die scheinbar ihre Nerven bewahrt hatte, die Fassung. Sie zeigte, als ob sie auf Blut spräche.

„Schau! Im Namen Christi, schau dort. Da steht, was Bertrand Whittakers Tod bedeutete."

Es war eine Acht in Form zweier sich überlappender Löcher, die in die Wandverkleidung auf Männerkopfhöhe gebohrt worden waren. Frisch geschnitten: Auf dem Hartholzboden darunter war eine leichte Schicht Sägemehl zu sehen.

Joel musste die Stille im Raum durchbrechen. Mit einem Gesicht wie eine Totenmaske starrte sie auf den dunklen Fleck an der Wand.

„Jetzt weiß ich es", sagte sie. „Ich weiß, wer Colonel Blake, Romany und Onkel Bertrand getötet hat. Aber es kann nicht wahr sein. Es kann nicht wahr sein, dass …" Julian ließ sie nicht ausreden. Er presste ihr die Hand auf den Mund, als Belknap mit dem Sergeant und Berry aus der Anrichte des Butlers hereinkam.

„Psst! Du kleiner Narr. Sag nichts. Übernimm keine *Verantwortung* dafür, dass jemand gehängt wird. Das soll Mr. Belknap erledigen." Er schüttelte sie verzweifelt. „Was auch immer du weißt oder denkst, behalte es für dich, hörst du? *Hörst* du? Lass es nicht zu, dass sie es aus dir herausbekommen.“

Aber Belknap hatte genug gehört.

„Was wissen Sie, Miss Joel?“, sagte er. „Kommen Sie jetzt, raus damit. Nein, weinen Sie nicht so. Es tut mir leid. Was ist los, Miss Mdevani?“ Er wandte sich an Nadia, als Joel zusammenbrach.

„Wegen deiner Augen hätte man dich von der Arbeit als Detektiv ausschließen sollen“, sagte Nadia. „Schau.“

„Aha-aa? So also weht der Wind? Wir werden das sofort untersuchen. Wir haben gerade eine andere Angelegenheit zu erledigen. Also gut, Sergeant, da ist Ihr Mann.“ Er deutete auf Crawford.

Stebbins ging zu Crawford und berührte seinen Arm.

„Ich verhafte Sie, Mr. Crawford, und werfe Ihnen die Anstiftung zum Mord an Richter Whittaker vor. Ihre angeheuerten Komplizen haben gestanden.“

Crawford wirkte benommen. Dann schlug er nach Stebbins.

„Sie haben *nicht* gestanden“, sagte er. „Denn sie haben Whittaker nicht getötet. Wenn das mit drittem Grad gemeint ist, können Sie tun, was Sie wollen. Sie sind an diesem Verbrechen genauso unschuldig wie Sie. Mir können Sie das Schlimmste antun, aber ihnen nicht.“

„Ich fürchte, ihnen wurde das Schlimmste angetan“, sagte Berry leise. „Sie sind beide tot. Sie sagten uns, wir sollten Ihnen mitteilen, dass die Rechnung ausgeglichen ist. Was auch immer das bedeuten mag. Also denke ich, dass Sie mit uns mitmachen müssen. Das gibt uns *einen* unserer Männer, Sergeant. Was soll das denn für ein Loch-in-the-Wall-Geschäft, Belknap? Gute Arbeit Ihrerseits, Crawford? Wie ich sehe, hatten Sie alles fürs Geschäft vorbereitet.“

„Es muss einen Zugang zum Raum zwischen der Wand und dem Wandteppich der Bibliothek geben“, sagte Belknap. „Wir rufen besser John an.“

John kam. Er zeigte ihnen eine dünne Tür in einer Tür – ein langes, schmales Scharnierpaneel, das einen Türpfosten in der Tür zum Esszimmer und zur Bibliothek bildete. Belknap hat es durchgemacht. Niemand sprach. Als er zurückkam, trug er einen Colt 22 in seinem Taschentuch. Er ging direkt zu Nadia.

„Ich würde dir das zurückgeben“, sagte er mit leiser Stimme, „aber wir werden es brauchen. Es tut mir wirklich leid."

„Mach dir keine Sorgen.“ Sie sah ihm direkt in die Augen. „Es gehört mir, ja. Ich habe es verpasst, als *ich* es letzte Nacht brauchte.“

XIV

Am späten Nachmittag war ein „Londoner" Nebel aus der Meerenge aufgestiegen, und Thorngate versank, eingehüllt in seine pelzigen, erstickenden Wellen, in tiefere Tiefen als die Senke. Julian fragte, ob es nicht sieben Ebenen des Fegefeuers gebe, denn wenn dem so sei, müssten sie um fünf Uhr etwa sechs Ebenen tiefer liegen und sich rasch dem Boden nähern. Es waren die völligen Ausfälle der Ermittler und die offensichtliche Hilflosigkeit der Polizei, die die frühe Düsternis der zweiten Nacht verdreifachten und vervierfachten. Stundenlange Befragungen und Kreuzverhöre durch Stebbins, Belknap und Berry hatten keine wirklich greifbaren Ergebnisse erbracht. Doch das stetige, unablässige Verhör ging weiter – und weiter und weiter und weiter, wie Julian sagte, wie der Schwanz von Christopher Robins Maus.

Julian war unersättlich. Während seines eigenen kurzen Auftritts im Zeugenstand – einem unbequemen Stuhl mit gerader Lehne an einer Seite des Esszimmertischs, da das Esszimmer der vorübergehende Sitz der juristischen Autorität war – hatte er eine Mischung aus Clown und Dummkopf gespielt, zum Zorn von Stebbins, zur Verachtung von Belknap und zur Belustigung von Berry. Denn Julian hatte sich schließlich entschlossen, sein Schicksal und seine Hinweise mit denen von Berry zu verbünden, sobald er Berry ausfindig machen konnte. Und aus diesem Grund gelang es ihm, seine Meinung für sich zu behalten. Er warf kein Brot ins trübe Wasser, damit Savonarola Belknap oder Stebbins es auflesen und sich daran mästen konnten. Aber er *hatte* das Gefühl, dass er vielleicht nicht eine ganze Untersuchung für sich beanspruchen sollte, da es seine erste war. Es wäre geradezu anmaßend anzunehmen, dass er eine Chance hatte, gegen ein solches Feld von Stars einen Coup zu landen (nicht, dass er es nicht trotzdem annahm). Belknap könnte man sogar als eine Größe ersten Ranges bezeichnen.

Als es Stebbins also schwer mit ihm ging, chronisch schlimm, flüchtete er sich in eine Gummi-Persiflage.

„Miss Mdevani hat Sie um 4:30 UHR MORGENS AUF DER TREPPE GESEHEN . Was haben Sie Ihrer Meinung nach zu dieser Zeit gemacht?"

„Ich schwöre, ich habe überhaupt nichts dagegen unternommen. Zeit gehört zu den Dingen, die man spart, wenn man sie sich selbst überlässt."

Stebbins schnaufte und schnaufte; Belknap räusperte sich; Berry lächelte.

„Ich sagte, was hast du um 4:30 UHR MORGENS IN DER HALLE GEMACHT ?" Stebbins' Stimme tat all das, was Stebbins gerne getan hätte.

UHR rausgeholt und dachte, sie wären vielleicht um vier zurück." Julian untersuchte das Ende seiner Krawatte.

„Missachtung des Gerichts, Julian", sagte Belknap. „Komm schon, Junge ..."

„Überlassen Sie ihn mir", donnerte Stebbins. „Ich spreche mit ihm, Mr. Belknap. Nun, Mr. Prentice, würden Sie das über Sie und Miss Lacey noch einmal wiederholen?"

„Die anderen müssen es leid sein, es zu hören; aber wenn du es willst, werde ich nie müde, es zu sagen." Julian nahm eine sentimentale Haltung an. „Ich liebe sie."

Stebbins errötete.

„Ich frage Sie, was in Ihrem Zimmer vor sich ging – ich meine, was hat Miss Lacey in Ihrem – ich meine – Oh, verschwinden Sie von hier, verdammt noch mal. Ich rufe Sie wieder an, wenn ich Sie brauche. Bringen Sie Crawford herein."

„Bringen Sie Crawford herein!" Den ganzen Nachmittag über war in regelmäßigen Abständen die Nachricht zu hören: „Bringen Sie Crawford herein", und bei jedem Anruf wurde Crawford, noch zerrütteter, verwirrter, verzweifelter krank vor Erschöpfung und Angst, hereingeführt, nur um wieder herauszukommen, in ein karges und tragisches Sydney die sozusagen zwischen den Runden mechanisch versuchte, seine Hände mit ihren kälteren Händen zu wärmen.

Stebbins hatte es eindeutig auf Crawford abgesehen. Natürlich war er durch eine schlimme kleine Schlacht, die ihm zwei schwer verwundete Männer hinterlassen hatte, voreingenommen.

„Was war für Sie das Tagebuch von Richter Whittaker? Du brauchst nicht zu antworten. Ich weiß. Und dafür kriegen wir dich trotzdem. Wo ist das Tagebuch jetzt?"

"Ich weiß nicht."

" Gib mir *eine Antwort* ."

"Ich weiß nicht."

„Als du Blake getötet hast, um es zu bekommen, was hast du damit gemacht?“

„Ich habe Blake nicht getötet.“

UHR MORGENS gemacht ?“

„Ich war unten an der Turnpike.“

„Nachdem ich Blake getötet habe.“

„Ich habe dir gesagt, dass ich Blake nicht getötet habe.“ mit unendlicher Müdigkeit.

„Waren Sie um 14:30 Uhr im Zimmer von Miss Video?“

„Nein. Sie war mit jemand anderem zusammen.“

"WHO?"

„Ich weiß nicht. Ich habe Stimmen gehört und nicht geklopft.“

"Was *hast* du gemacht?"

„Habe auf die Kellertür aufgepasst, damit meine Männer reinkommen.“

„Ich nehme mir Zeit, Blake loszuwerden.“

„Ich habe Blake nicht getötet.“

„Weiß Ihre Frau von Ihrer Beziehung mit Miss Video?“

"Sie tut."

"Seit wann?"

"Vor ein paar Tagen."

„Hast du gestritten?“

"Nicht genau."

„Haben Sie vorgeschlagen, Miss Video aus dem Weg zu räumen?“

„Ich weiß nicht, was du meinst.“

„Haben Sie gesagt: ‚Es ist Bertrand Whittakers Leben oder meins‘?“

"Ich tat. Ich habe meine Absicht, Whittaker zu töten, nicht geleugnet."

„Wann haben Sie Ihre Männer ins Haus gelassen?"

„Sie waren nie im Haus."

„Sind das die Handschuhe, mit denen Sie Miss Mdevanis Pistole gestohlen und das Papiermesser gegen Blake gehandhabt haben?"

„Ich habe Blake nicht getötet."

Und so weiter, immer und immer wieder, mit Crawfords Stimme, die stumpf und monoton war. Aber getrieben und gehetzt wie er war, gab er nie einen Punkt ab, der über sein Geständnis eines alten und eines geplanten Mordes hinausging. Aber, wie Stebbins zu Berry sagte, es war nur eine Frage der Zeit, bis sie ein umfassendes Geständnis von Crawford hatten: Er war der Typ, der schließlich Methoden dritten Grades erliegt. Und Stebbins war der einzige Mann, der genau wusste, woher der Wind wehte!

Nadia hingegen behandelte er mit dem gebührenden Respekt, wie sie es alle drei taten. Stebbins fürchtete sie offensichtlich. Berry saß da und starrte sie gebannt an. Belknap sah überall hin, nur nicht zu ihr, ging auf und ab, machte Stebbins' Fragebogen einen Strich durch die Rechnung und baute Abwehrmechanismen auf, die er in seiner Blindheit ihnen gegenüber offenbar für unsichtbar hielt.

„Ihr Taschentuch, Miss Mdevani?" Stebbins holte das von Belknap gefundene Taschentuch hervor.

"Meins."

„Dieses Taschentuch", warf Belknap ungeduldig ein, „lag auf dem Boden der Bibliothek, als ich Whittaker um 11:30 Uhr in sein Zimmer half."

„Das ist das erste Mal, dass wir davon gehört haben", schnappte Stebbins.

„Ich habe nicht die geringste Ahnung, wann ich es fallen gelassen habe", fuhr Nadia fort und ignorierte die Unterbrechung. „Möglicherweise war es, als ich Blake gegen 16:30 Uhr fand."

„ *Du hast Blake gefunden?* „Stebbins stürzte sich auf sie.

"Ich tat."

„Und warum haben Sie nicht sofort jemanden benachrichtigt?"

„Da war kaum Zeit. Mrs. Crawford hat es für mich getan.“

„Wo waren Sie, als Mrs. Crawford schrie?“

„In Mr. Belknaps Zimmer.“

„Du warst gegangen, um es ihm zu sagen?“

"Ich weiß nicht. Das glaube ich nicht.“

„Haben Sie auf *Ihren* Rundgängen etwas gehört? Die Tatsache, dass sich die Wege letzte Nacht *nicht* gekreuzt haben, übertrifft alles.“

„Ich habe diese Ratte in den Wänden der Bibliothek gehört – erinnern Sie sich, dass ich sie erwähnt habe, Mr. Belknap? Es stellte sich heraus, dass seine Zähne ein Werkzeug namens Gimlet waren.“

„Ist das deine Pistole?“

"Es ist."

„Wann hattest du es zuletzt?“

„Als ich zum Abendessen kam, lag es auf meiner Kommode.“

„Haben Sie eine Genehmigung?“

"Ich habe. Ich trage seit Jahren eine Waffe. Eine einsame Dame, wissen Sie“, lächelte sie.

„Warum hast du es auf deiner Kommode liegen lassen?“

„Ich hatte es aus meiner Handtasche genommen, als ich nach meinem Lippenstift suchte. Ich habe es versäumt, es zurückzugeben.“

Belknap stand direkt vor ihr und hatte die Hände tief in den Taschen vergraben.

„Ich habe es dort spätestens um halb zwei oder zwei selbst gesehen. Ihr Fenster zum Balkon war offen. Als ich es schließen wollte, sah ich die Gestalt auf der Terrasse, und ich könnte schwören, dass es Dorn war.“

„Du rufst deinen Milton Dorn ständig dazu an, Belknap. Um Gottes Willen, bring ihn hervor.“

„Meine Späher sind unterwegs“, sagte Belknap mit höflicher Verachtung. „Es ist bekannt, dass er nie wieder in die Stadt zurückgekehrt ist. So weit, so gut. Ich glaube, wenn Sie einen

Moment über diesen Teil des Falles nachdenken würden, würden Sie feststellen, dass das Haus meine Aussage bestätigt, Dorn sei gestern Abend in einem seltsamen Zustand der Verwirrung von hier weggegangen. Er sah aus wie ein Mann, der kurz davor ist, die Kontrolle über sich selbst zu verlieren."

„Ich denke, Sie haben Recht, Belknap", sagte Berry. „In vielerlei Hinsicht weist die gesamte Kampagne die Merkmale des inspirierten Plans eines Wahnsinnigen auf, der mit dieser Art von Brillanz konzipiert und ausgeführt wurde. Wir dürfen bei der Jagd nach Dorn zumindest nichts unversucht lassen. Das reicht für den Moment, Miss Mdevani. Jetzt lasst uns Miss Lacey angreifen, Sergeant. Gleich – Zeit für einen Drink."

Es war eine verängstigte und zusammenhangslose Joel, die ihren drei Gesprächspartnern gegenüberstand – mehr verängstigt, als es unter den gegebenen Umständen nötig erschien, so schlimm die Umstände auch waren. Entsetzen war zu erwarten, und vielleicht eine Art Angst, aber kein völliger Terror. Aber Joel wurde Opfer eines Schreckens, der Momente intensiven Zitterns mit einer starren Bewegungslähmung abwechselte. Sie versuchte tapfer, sich zu beherrschen, saß da, nippte an dem Brandy, den Belknap ihr eingeschenkt hatte, und lächelte mechanisch. Berry war äußerst nett.

„Würden Sie uns, Miss Lacey, so klar und deutlich wie möglich die Geschichte Ihrer gestrigen Nacht erzählen? Wir haben nicht den geringsten Wunsch, Sie zu drängen oder zu verwirren. Wir brauchen Ihre Hilfe bei der Beilegung einer Angelegenheit, die tragisch *war* und wahrscheinlich noch tragischer wird, wenn wir nichts dagegen unternehmen. Würden Sie uns beschreiben, wie Sie Ihre Zeit zwischen 22:30 Uhr gestern Abend, als Sie sich meines Wissens zurückzogen, und 4:30 Uhr heute Morgen verbracht haben, als der Mord an Colonel Blake entdeckt wurde?"

Joel erzählte ihnen in bruchstückhaften Sätzen, wie sie in einem aufgewühlten Geisteszustand in ihr Zimmer gegangen war – verwirrt von ihrem Onkel, bestürzt über die erschreckende Schnelligkeit, mit der eine gefährliche Situation aus heiterem Himmel auf sie zugekommen war, und innerlich erschüttert von der Geschichte eines Mordes, die einen von ihnen persönlich sehr betroffen gemacht hatte.

„Bedeutet die Tatsache, dass Ihr Onkel eine Passage aus diesem Tagebuch gelesen hat, die sich auf ein Verbrechen bezieht, das Mr. Crawford tatsächlich begangen hat, dass er damit auch die

Verbrechen anderer Anwesender hätte ansprechen können? Oder glauben Sie, dass er sich auf diese Weise entschieden hat, um auf grausame Weise eine Rechnung mit Crawford zu begleichen?"

Joel holte tief Luft und sah Belknap schnell an.

„Ich glaube, es muss eine persönliche Angelegenheit zwischen meinem Onkel und Mr. Crawford gewesen sein", sagte sie bestimmt.

Belknap schien taub für Fragen und Antworten zu sein. Joel schauderte leicht und senkte den Blick.

„Danke, Miss Lacey. In diesem Punkt scheinen wir uns einig zu sein. Sie sind auf Ihr Zimmer gegangen, sagen Sie. Was kommt als Nächstes?"

Sie hatte sich langsam aufs Zubettgehen vorbereitet, denn es gab keine Hoffnung auf Schlaf und sie wollte die Zeit totschlagen. Sie hatte am Fenster gestanden, war auf und ab gegangen, hatte am Feuer gesessen. Sie dachte nach und dachte nach; über Schuhe und Schiffe und Siegelwachs, aber über Sünde im Besonderen und schließlich über Sünde im Allgemeinen.

„Das reicht", sagte Stebbins knapp. Es hatte ihn gestört, dass alle seine Zeugen dazu neigten, vom ausgetretenen Pfad abzuschweifen und zu philosophieren und zu psychologisieren. „Erzählen Sie weiter."

Dann kam ihr die Idee, direkt zu ihrem Onkel zu gehen. So konnte sie wenigstens herausfinden, warum er so kalt, trostlos und unmenschlich gestimmt war. Vielleicht stand er vor einem Dilemma, das ihn langsam aber sicher in die Enge trieb. Bertrand Whittaker wurde immer schlimmer, wenn man ihn wegen seiner Schlechtigkeit in die Enge trieb. Diesmal war es noch schlimmer.

Sie war durch den Flur geschlichen – die Atmosphäre der letzten Nacht hatte zum Schleichen aufgerufen – und wollte gerade an die Tür ihres Onkels klopfen, als sie drinnen Stimmen hörte: die ihres Onkels und der von Roma. Joel drehte sich schnell um und schlüpfte in einen dunklen Türrahmen. und Romany hatte sich mit einem letzten dramatischen Seitensprung über die Schulter verabschiedet. „In Ordnung, Bertrand, ich werde dir eine Offenbarung nach der anderen zuordnen, wenn das dein Ding ist. Mehreren von euch droht der Sturz, wenn ich den oder den aus dem Sack lasse. Und ich werde sie rauslassen." Joel hatte den Namen dieses und jenes entdeckt und ihn im schrecklichen

Wirrwarr der folgenden Ereignisse sofort wieder verloren. Sie hoffte, dass es wiederkommen würde. Es beunruhigte sie mit dem Gefühl einer vagen Vertrautheit.

Romany war verschwunden und Joel wollte keine Szene mehr mit ihrem Onkel, war in ihr Zimmer zurückgekehrt und hatte an Julians Tür geklopft, um ihn um Trost und Mitgefühl zu bitten. Sie und Julian hatten Vor- und Nachteile besprochen, dies und das, bis Julian das Gefühl hatte, dass er nun an der Reihe sei, Whittaker unter Druck zu setzen. Er hatte sie allein und verlassen zurückgelassen – und ihr eine baldige Rückkehr versprochen; aber er war nie zurückgekommen.

Und sehr spät, da sie das Gefühl hatte, dringend eine Armschiene zu brauchen, hatte sie den Mut zusammengenommen, sich an das Tablett mit den Spirituosen in der Bibliothek zu wagen.

Hier hielt Joel in ihrer langsamen, zögernden Erzählung inne und zitterte unkontrolliert von Kopf bis Fuß wie ein erschöpfter Läufer.

„Was beunruhigt Sie, Miss Lacey?" fragte Berry sanft. „Ist etwas in der Bibliothek passiert? Komm schon, was war das?"

„Nein, es ist eigentlich nichts passiert. Ich schätze, ich habe leicht Angst."

„Du hattest Angst?"

Sie schien nicht in der Lage zu antworten und warf Belknap einen bittenden Blick zu.

„Ich kam aus dem Esszimmer, als Miss Lacey dort war", sagte Belknap mit leiser Stimme und hielt Joel mit den Augen fest. „Sie war hysterisch und überreizt, aber das schien angesichts der allgemeinen Spannung im Haushalt kaum überraschend. Es scheint, dass ich falsch lag. Kannst du uns nicht sagen, was dich verärgert hat, lieber Joel?"

„Du – bist aus dem Esszimmer hereingekommen", flüsterte sie, ihr Gesicht war bleich. „Ich war müde und nervös, das ist alles. Du hast mich schrecklich erschreckt. Nichts mehr."

„Sind Sie sicher, Miss Lacey?"

"Absolut sicher. Natürlich. Mr. Belknap war so freundlich, mich in mein Zimmer zu begleiten. Ich tat mein Bestes, um einzuschlafen, als Mrs. Crawford schrie."

Mehr konnten sie ihr nicht entlocken – selbst als Stebbins darauf bestand, die Daumenschrauben anzuziehen. Unter Druck wurde sie steinern und ausdruckslos, und sie wagten es vorläufig nicht, sie zu drängen, obwohl sie das Gefühl hatten, dass sie entschieden etwas von wirklicher Bedeutung verschwieg.

„Sie sollten lieber noch einmal versuchen, ein wenig zu schlafen, Miss Lacey", sagte Berry. „Wir alle brauchen es", fügte er mit einem müden Seufzer hinzu. „Was meint ihr, wenn wir Schluss machen, Jungs? Kann ich kurz mit Ihnen reden, Belknap? *Was für ein Nebel!*"

Belknap hatte nicht erraten können, in welche Richtung die Katze sprang, soweit es Berry betraf. Er hatte nicht im Geringsten seine Hand gezeigt; und was sein Gesicht betraf, es war das perfekte Detektivgesicht, charmant, aber ausdruckslos, ausdruckslos und offen, aber mit so viel Tiefe wie ein Gipsabdruck. Nur wenn man sich die Mühe machte, ihm direkt in die Augen zu sehen, so, wie Julian draußen zu Joel bemerkte, zuckte man förmlich zusammen, als hätte man die Augen seines Ururururgroßvaters aufgefangen, die von der Wand auf einen zurollten. Eine geheime Kammer und Löcher, wo die Leinwand sein sollte! In Berrys Fall musste das etwas bedeuten – wenn auch nur, dass er mehr sah, als er zugab. Es war sicherlich einer der ersten Gründe, warum Julian vorhatte, die Sache allein mit ihm zu besprechen.

Berry hatte bisher nur Interesse an lustigen kleinen irrelevanten oder scheinbar irrelevanten Details gezeigt. Sein einziger Beitrag zur Unterhaltung des Nachmittags bestand aus plötzlichen, lästigen Unterbrechungen in unpassenden Momenten, wenn er darauf bestand, den wichtigen Punkt zugunsten einer Angelegenheit beiseite zu legen, die für Belknap eine Nebensache und für Stebbins eine sehr, sehr Nebensache war. Stebbins sah die Dinge schwarz und weiß. Belknap war eher bereit, die Schattierungen zu berücksichtigen, musste jedoch zugeben, dass ihm viele von Berrys Nuancen entgingen. Berrys „Entschuldigung" war ein vage Andeutung einer Achillesferse – man wisse nie, an welcher entlegenen Stelle die Schwäche auftauchen könnte. Am besten testete man sie alle mit seinem Speerstoß.

Da waren zum Beispiel die wenigen getrockneten Nelkenblätter, die auf Romanys zerzaustes Haar und Kissen fielen – Stebbins hatte sie jetzt in einem Becher neben sich, irgendwie erbärmlich, als wären es ihre Asche gewesen. Romany, wie sie von Lily entdeckt und später von Berry und Stebbins untersucht wurde, lag als kleiner Haufen rosa Maribou-Morgenmantels auf ihrem Bett – ihr Gesicht war elfenbeinweiß unter ihrem bernsteinfarbenen Haar – theatralisch und unwirklich: „Nenn es *La Mort du Cygne* , oder besser noch: *Sie, die geohrfeigt wird* ", hatte Julian gesagt, als er an diesem Morgen in der Tür ihres Zimmers gestanden hatte. Sie war offenbar unerwartet von beiden Händen gepackt und festgehalten worden, es gab kaum Anzeichen von Kampf, wobei die Daumen tief auf den Halsansatz drückten, wo es eine leichte Verstopfung und Verfärbung gab. Es gab nur einen materiellen Hinweis: die Nelkenblätter. Und das schien unerheblich zu sein, da auf dem Nachttisch eine Schale mit Nelken stand, weshalb es aufgrund des Duftes höchst wahrscheinlich war, dass sie eine in der Hand gehalten hatte. Oder war es möglich, dass der Mörder seine sentimentalen Momente hatte?

Aber Berry fertigte Harfensaiten aus diesen Blütenblättern und spielte darauf in der Saison und außerhalb der Saison. Hatte am Abend zuvor jemand eine Reversblume getragen? Alle waren sich einig, dass Dorn eine trug – aber sie waren sich auch einig, dass es sich um eine Gardenie handelte. Belknap selbst äußerte sich in diesem Punkt positiv, obwohl einige andere ihre Gewissheit verloren. Belknap sagte auch, *dass er* möglicherweise selbst eines getragen habe; Er tauschte Blicke mit Nadia.

„Wenn Sie mir das nächste Mal eine Blume für mein Knopfloch anbieten, Miss Mdevani", sagte er in einem sanft scherzhaften Tonfall, „lassen Sie sich von der Anwesenheit anderer nicht abschrecken. Es würde mich entzücken, eines aus deiner schönen Hand zu haben."

„Es wird frisch gepflückt sein", antwortete sie ihm, ihre Augen waren sehr strahlend und ihr Gesicht war voller Farbe.

„Keine Anspielungen!" Berry hatte geweint. „Ihr zwei braucht ein Moor und einen Mond. Denken Sie daran, dass dies ein Gericht ist."

„Ich werde es wahrscheinlich nicht vergessen", sagte sie. „Aber so gefährlich es für mich auch ist, das Moor und der Mond wären gefährlicher", und sie deutete mit dem Kinn auf Belknap.

Dies hatte dazu geführt, dass Berrys Interesse an der Nelke vorübergehend nachließ. Aber er war oft darauf zurückgekommen, ebenso wie bei anderen scheinbar unlogischen und ermüdend weit entfernten Vorfällen. Es hatte jedoch den Effekt, dass Belknaps Appetit auf Aufklärung geweckt wurde: Hatte Berry eine Theorie oder keine Theorie? Warf er Staub in die Luft, um das zu vertuschen, was er für den Kern der ganzen Angelegenheit hielt, oder zappelte er lediglich in einer Verschwendung von Motiven herum und war nicht in der Lage, den Stier bei den Hörnern zu packen? Sicherlich war es an der Zeit, dass die beiden sich zusammenschlossen und ihre Meinungen austauschten, auch wenn die Meinungen begrenzt waren.

Daher reagierte Belknap mit großen Erwartungen auf Berrys Vorschlag.

„Ja, lasst uns in den Rückzug gehen. Ich habe selbst ein wenig zu sagen.“

XV

„Nadia!“

"Herr. Belknap! Gott ruhe, du fröhlicher Herr!“ Belknap hatte sich Nadia genähert, wo sie allein in einer Nische des großen East Room stand. Sie hatte versucht, sich auf ein Exemplar moderner französischer Kunst zu konzentrieren. Der Nebel drückte ein bleiches Gesicht gegen die Fenster neben ihr.

„Deine Stimmung ist schwierig, Nadia. Ich möchte mit dir reden."

„Lass dich durch nichts beunruhigen.“

Belknap streckte hilflos die Hände aus.

„Du bist nicht nett“, sagte er. „Sollen wir nach draußen gehen?“

"Nein *danke*. Erinnern Sie sich an Ihren Herrn Dorn.“ Ihr trübes, geheimnisvolles Lächeln kam und ging.

„Komm schon, was hättest du von mir erwartet? Erzählen Sie ihnen von dem Code – oder haben Sie die Nachricht bequemerweise vergessen? Übrigens, habe ich es dir zurückgegeben? Ich konnte es nicht finden.“

Sie wirbelte zu ihm herum.

„Hast du es nicht zerstört?“

"Vielleicht. Ich kann mich nicht erinnern. Mrs. Crawford hat unser Tête-à-Tête ziemlich gestört.“

Nadia musterte ihn kritisch und drohend, vom Kinn bis zur Stirn und von der Stirn bis zum Kinn. Ihre Nasenflügel zitterten, ihre Wangen waren eingezogen, ihre Augen verengten sich zu glänzenden Schlitzen.

„Es gibt Momente, in denen ich Sie des Doppelspiels verdächtige, Detective. Vielleicht haben Sie es doch auf mich abgesehen und finden die hinterhältige Methode am cleversten. (*Verdammt noch mal*, O'Neill wiederholt das Nebelhorn!)“

Blitzschnell erkannte er den einzelnen ausgefransten Faden, der ihr die Nerven bewahrte.

„Das ist nicht wahr, Nadia, und das weißt du.“ Belknap erwiderte ihren Blick mit einem ebenso durchdringenden und grausamen Blick. „Ob schuldig oder nicht, für mich ist das alles gleich. Aber ich *habe* es auf dich abgesehen. Ja, ich will dich.“

Ihr Blick wurde mit einem anderen, sanfteren gefilmt.

„Du – willst mich. Was soll das heißen? Ist ‚wollen‘ das Wort, das du meinst?"

Er bewunderte ihre Offenheit, obwohl er die Frau dafür hasste, dass sie die Fakten immer beschönigte. Er war hart zu ihr.

„Das ist das Wort, das ich meinte. Wollen. Meinen Sie, dass es über Nacht etwas anderes sein sollte oder könnte?"

Sie stieß einen seltsamen kleinen Seufzer aus.

„Das ist es", sagte sie und zuckte leicht mit ihren schönen Schultern. „Aber es gibt so viel Verlangen und so wenig – vom anderen."

„Möglicherweise. Ich habe den Eindruck, dass wir von dem anderen nicht viel brauchen würden."

Weil er sie nicht berührte, tat ihnen beiden das Verlangen nach Berührung weh. Sie zuckte ein wenig vor der brutalen Anziehungskraft seiner Augen zusammen. Sie fühlte sich von ihnen wie von einem Feuer ausgeweidet und schauderte am ganzen Körper, um sich zu befreien, wie ein Hund vor Regen erschauert.

„Wir wollen jetzt nicht darüber reden", sagte sie unruhig.

„Wir müssen die Zeit, die uns noch bleibt, nutzen."

„Soll das heißen, dass meine Stunden gezählt sind?" Sie warf ihm unter den Wimpern einen schnellen Seitenblick zu. „Glaubst du nicht *wirklich*, dass dein bewusstes Desinteresse an mir mich zum Höhepunkt bringen wird? Wirklich, das ist viel zu bescheiden!"

„Du bist unfair, meine Liebe. Ich tue mein Bestes für dich."

„Weiter. Sag es: ‚ohne Glauben.‘"

"Glauben! Glaube an was? Deine Unschuld? Gott in seinem Himmel, du hast dir deinen Liebestrank nicht so stark vorgestellt, oder? Lass uns ehrlich sein. Wir können es uns leisten, Sie und ich. Es erfordert Mut, aber Mut ist die Münze unseres besonderen Reiches."

„Wer soll ehrlich sein?"

„Wir beide, wunderschön."

"Du beginnst."

"Frauen zuerst."

„Was Sie sich wünschen, ist vermutlich ein vollständiges Geständnis, kurz und auf den Punkt gebracht, ohne Einzelheiten. Herr Belknap, ich könnte fast glauben, dass Sie mit mir Liebe machen (oh, seien Sie nicht beunruhigt, wenn Sie das Wort leichtfertig verwenden!), um Informationen zu erhalten, die gegen mich verwendet werden können. Möglicherweise bereuen Sie Ihre Gesten zu meinen Gunsten. Machen Sie sich Sorgen um den Ruf von Detective Ordway Belknap?"

„Kaum so spät am Tag. Es wurde bereits vor die Hunde geworfen. Ich hege eine starke Abneigung gegen Haltungen, sonst hätte ich sie dir vor die Füße geworfen, kaltes Herz."

„Nicht so kalt, wie Sie vielleicht denken", und die Stimme zitterte. „Ich treffe selten einen Mann, von dem ich das Gefühl habe, dass er zu mir passt oder besser ist. Ich hatte Hoffnungen auf dich. Du enttäuschst mich." Die Schärfe kehrte zurück. „Mir zu verstehen zu geben, dass du eine brillante Demonstration deiner Methoden versäumst, wenn du es versäumst, mich zu überzeugen, spricht nicht gut für dich selbst, John. Sogar Sergeant Stebbins gibt zu, dass ich zu einfach bin, um Recht zu haben." Sie hatte die Kühnheit, schelmisch auszusehen.

„Verdammt, Stebbins. Es ist nur sein dickköpfiger Typ, der vor lauter Staub das Offensichtliche nicht erkennen kann. Nadia, du redest am erfolgreichsten um den heißen Brei herum, aber auch wenn es mir gefällt, wenn du mit Worten spielst, lass uns mal klarmachen. Und dann meine Glückwünsche. Drei an einem Abend sind eine richtig gute Tüte."

"Herr. „Belknap", sagte sie mit plötzlicher, harter Ernsthaftigkeit, „ich habe in Thorngate niemanden getötet – weder Blake, noch Romany, noch meinen geliebten Bertrand. Stecken Sie das in Ihre Pfeife und rauchen Sie es. So verzweifelt mein Fall auch aussehen mag, der Kampf ist noch nicht vorbei. Es hat gerade erst begonnen. Ich gehe davon aus, dass ein Mörder meinen Platz einnehmen wird, und ich glaube, dass mein Mann, der mit diesem Wort das Weibchen dieser Spezies bezeichnet, überwacht wird."

"Vertraut mir?"

„Nein-oo, ich glaube nicht. Finders Hüter, bis – na ja, bis."

Belknaps dunkles Gesicht verdunkelte sich um eine weitere Nuance. Sogar *seine* Kontrolle war so scharf und dünn wie ein scharfes Werkzeug. Dieses vergebliche Fechten mit Nadia Mdevani, angetan von dem wilden, unerklärlichen Schmerz, den sie in ihm auslöste, stellte sein letztes Quäntchen Ausdauer auf die Probe. Dennoch schien es für sie keinen anderen Weg zu geben, als bescheidenen Kuchen zu essen; und es wäre verdammt, wenn er sich für irgendeine Frau beugen würde.

„Sie und Miss Lacey scheinen alles zu wissen." In seinem Ton lag im Grunde Verachtung. „Ich sollte sagen, es war an der Zeit, dass du etwas dagegen unternimmst."

Nadia sah ernst aus.

„Es *gibt* etwas, das Joel Lacey beunruhigt", sagte sie. „Aber sie behält es gut für sich, trotz Ihnen und diesem Sergeant Stebbins; und sogar ich. Denn ich war ihr auf der Spur. Ich würde sagen, dass es ein Verlust der Nerven und nicht ein Mangel an Wissen war, der ihr die Sprache verschlagen hat. Vielleicht sollte sie es *besser* in Ruhe lassen. Wissen Sie, lieber Mann, es gibt Zeiten, in denen der Schrecken in mir hochsteigt wie eine kalte Quelle. Nicht, dass ich Angst vor dem Tod habe; Aber ich genieße es nicht an jeder Ecke. Hast du „Outward Bound" gesehen?"

"Ja, warum?"

"Nicht viel. Nur die blinden Schiffe, die da unten im Nebel wehten, erinnerten mich daran. Wer wird der Nächste sein, Herr Belknap?"

„Man geht davon aus, dass es einen nächsten *geben wird*."

„Nicht wahr?" Ihr Blick war fest auf ihn gerichtet.

„Dann ist es vielleicht meine Pflicht, dich unter Verschluss zu halten. Sie gehen doch nicht so weit zu leugnen, dass ich Ihre Verhaftung befehlen könnte, oder? Da ist der Berlin-Wiener Mordring zu verantworten."

„Du weißt zu viel", murmelte sie mit schlangenartiger Sanftheit. „Hat Bertrand dir mehr *erzählt*, als er wusste? Oder hat er es geschrieben?"

"Bedeutung?"

„Genau das, was es bedeuten soll." Sie hielt inne. „Verlangen Sie das – meine Verhaftung?" In ihrem Verhalten war nicht die geringste Spur von Besorgnis zu erkennen.

"NEIN; nicht genau. Ich bitte um etwas weitaus Notwendigeres
für meinen Seelenfrieden." Plötzlich ergriff er ihre Handgelenke
und zog sie zu sich. "Küss mich."

Sie befreite ihre Hände und wandte sich ab. Aber ihre Lippen
waren ein wenig verzogen und ihr Gesicht sehr weiß.

„Ich glaube nicht", sagte sie. „Ich weiß, dass der Teufel im Spiel
ist, und Bertrand Whittaker. Möglicherweise auch Kain, Orest,
Brutus, Hamlets Mutter und noch ein paar andere. Aber Judas
sollten wir, wenn möglich, aus der Sache raushalten."

XVI

Stebbins war gegangen. Das Hauptquartier brauchte ihn. Und er war gegangen, während er mit beiden Armen ein Wespennest von Reportern die ganze Auffahrt hinunter bis zu seinem geparkten Auto abwehrte. Er sagte, er würde zurückkommen, wenn er gesucht würde oder etwas als Beweismittel auftauchte. Bei all der Hilfe, die er war, könnte er genauso gut wegbleiben, sagte Julian, aber vielleicht war er eine gute Tarnung. Das Haus fühlte sich ohne ihn irgendwie etwas ungeschützter an, obwohl er eine starke Wache zurückließ.

Es gab eine angespannte, unbequeme, planlose Mahlzeit, die an ein Abendbüffet erinnerte. Die Küche war so unordentlich, dass es ein Wunder war, dass überhaupt etwas Essensartiges herauskam. Keiner sprach mit dem anderen gut – außer vielleicht Julian mit Joel, und sie war zu sehr von Müdigkeit und Angst gequält, um zu verstehen, was er sagte. Also hatte er sich damit abgefunden, neben ihr zu sitzen, wo sie auf dem Diwan in der Bibliothek lag, die tränenverhangenen Lider über den müden Augen geschlossen. Er versuchte, den Ereignissen der letzten vierundzwanzig Stunden einen Sinn zu geben. Er verfolgte Muster und Hinweise, bis sie in Sturm und Nebel verschwanden. Er versuchte, unter den Wolken zu fliegen, versuchte, über sie zu kommen, und schaffte es auf keine Weise. Er wusste nicht, dass er kopfüber flog. Und doch schien sein Verstand klar, ja sogar brillant zu sein. Es war außergewöhnlich, wie die Nähe zu Joel alles, was er tat, redete, dachte, fühlte, träumte, steigern und anregen konnte. Auch wenn sie seine Anspielungen manchmal nicht verstand, das dumme Schätzchen, war es doch ihre bloße Anwesenheit, die ihn zumindest halbwegs witzig machte. Und wenn sie Musik nicht ganz so verstand wie er, war es ihre Nähe an seiner Schulter bei einem Konzert, die ihn vom anerkennenden zum kreativen Zuhörer machte. Er beugte sich jetzt vor und küsste sie sanft auf die Wange, um sie nicht zu stören.

Er wünschte sich sehr, sie würde ihm erzählen, was sie so aufgeregt hatte, seit sie die schwarze Acht in der Täfelung gesehen hatte. Nicht, dass es nicht eine seltsam unheimliche und beunruhigende Entdeckung gewesen wäre – selbst Julian konnte ein Schaudern bei dem Gedanken daran nicht unterdrücken. Aber Joels Verstimmung war chronisch. Nur weil sie behauptete, es würde sie mehr aufregen, darüber zu reden, als zu versuchen, es zu vergessen (oh, wenn sie es nur vergessen *könnte* !), hatte er beschlossen, sie nicht zu drängen. Außerdem hatte sie gesagt, es sei alles ein schrecklicher Albtraum, völlig unmöglich und falsch. Sie musste, einfach *musste*, es aus ihren Gedanken verbannen.

Julian hatte allerdings selbst ein paar merkwürdige und unerhörte Ideen, und er hätte nichts lieber getan, als sich mit Joel auszutauschen. Dorn quälte ihn wie ein Geist oder ein Vampir. Die kleinste Bewegung des Vorhangs, der leiseste Schritt durchfuhr seinen Körper mit einem Nadelstich exquisiten Grauens. Vielleicht war Belknap nicht der Einzige, der einen flüchtigen Blick auf den Mann erhascht hatte – wenn er noch ein Mensch war. Für Julian war Wahnsinn unmenschlich. Irgendetwas *war* passiert, als Joel in der Bibliothek war, davon war Julian überzeugt. Anhand von Anzeichen eines angespannten Einvernehmens zwischen ihr und Belknap kam er zu dem Schluss, dass sie beide wussten, was es war. Er hätte fast sagen können, dass sie ein schuldiges Geheimnis teilten, als ob sie jemanden gegen die Spielregeln schützen wollten. Warum in Gottes Namen sollten sie Dorn schützen? Er mochte ein Freund von Whittaker sein, aber soweit Julian wusste, hatte Joel ihn kaum kennengelernt, und Belknap hatte am Abend zuvor eine ausgesprochene Abneigung gegen ihn gezeigt.

Es könnte Mrs. Crawford sein, die sie beschützen wollten. Es schien eine umfassende Verschwörung zu geben, um Sydney zu retten. Nun, wer könnte sich das wirklich fragen? Nach Whittakers unaussprechlichem Verrat und dem von Neil und Romany und dem Gedanken daran, dass das Tagebuch mit seiner grässlichen Geschichte jemals in gedruckter Form erscheinen würde, wer könnte es ihr verübeln, dass sie das Tagebuch in die Hände bekam, wenn es Hartley Blakes Leben bedeutete – dass sie ihre Ehre gerächt hatte, wenn es bedeutete? Romanys Leben – oder die Ehre ihres Mannes, wenn es das von Whittaker bedeutete? Oder vielleicht näherten sich Belknap und Berry Sydney heimlich, indem sie Druck auf Neil ausübten. *Das* könnte ihr die Zulassung verwehren. So wie sie heute Abend aussah, als sie den Raum verließ, in dem Neil krank und im Delirium lag, würde nichts weniger als der Tod sie brechen.

Sie waren hart zu Neil Crawford gewesen – unnötig hart, dachte Julian. Aber selbst wenn jemand seinen Mördern im Fall Whittaker zuvorgekommen wäre, wie Crawford behauptete, konnte das Gesetz vermutlich etwas gegen die bloße Tatsache des vorsätzlichen Mordes unternehmen. Und Crawford und seine Frau hatten Gründe, Romany und das Tagebuch zu beseitigen.

Letztendlich hätte jeder von ihnen Whittaker töten können. Aber wie dankbar war man, so holte Julian tief Luft, dass es für ihn getan wurde. Er fragte sich sogar, ob es jetzt nicht für einige von ihnen eine Chance gab, ungeschoren davonzukommen – da die Vergangenheit noch immer ein abgeschlossenes Buch war. Eines musste er zugeben: Belknap war ziemlich anständig – und das war, dass er nicht betonte, was für ihn genauso offensichtlich wie für die anderen, vielleicht sogar noch offensichtlicher gewesen sein musste: nämlich dass Whittakers Absicht gewesen war, seine Gäste auszuschalten. Belknap war nicht nur diskret, was den Inhalt des Tagebuchs betraf, sondern spielte ihn sogar herunter. Zweifellos wie immer aus Rücksicht auf Nadia Mdevani! Aber in diesem Fall tat er nicht nur Nadia etwas Gutes. Und Julian war ihm zutiefst dankbar.

Und wieder: Wer hatte wen getötet? Wer hatte wen um die Mauern von was gejagt? Wie man es auch drehte und wendete, jeder hätte jeden anderen umbringen können. Und es war durchaus möglich, dass Opfer Opfer getötet hatten – vielleicht waren zwei Drittel der Mörder unter den Ermordeten. Was zu Formeln wie Sieger-Opfer oder Opfer-Sieger führen konnte. Blake hatte Romany umgebracht, Romany Blake. Nicht einmal der Arzt konnte sagen, wer zuerst gestorben war – die Zeitpunkte waren offenbar fast zusammengefallen. Oder Whittaker hätte beide umgebracht haben können. Die einzige bewiesene Tatsache war, dass weder Blake noch Romany Whittaker umgebracht haben konnten. Man hoffte, dass mit der Übereinstimmung der Markierungen auf Kugel und Pistole eine weitere Tatsache geklärt sein würde. *Die* Kugel. Julian beschäftigte immer noch die Frage nach seinen beiden Schüssen. Einer musste ein Echo gewesen sein.

Und *hatte* Nadia Mdevani ihre eigene Waffe abgefeuert? Sie war in der Bibliothek gefunden worden – der einzigen Bewohnerin. Aber sie machte den Eindruck, als hätte sie sich stundenlang nicht gerührt. Perfektes Schauspiel. Aber es bedurfte übermenschlicher Geschicklichkeit, um die Wandfläche freizumachen und an der Couch festzuwurzeln, bevor er von der Terrasse draußen gesprungen wäre. Und warum hatte sie ihre Waffe herumliegen lassen? Vielleicht dachte sie, es würde nichts herausgefunden werden, bevor sie stillschweigend zurückkehrte, um es zu entsorgen. Nein, das ginge nicht, sie selbst hatte die Löcher entdeckt. Der Unterschied zwischen unschuldiger Ehrlichkeit und zu großer Ehrlichkeit aufgrund von Schuldgefühlen ist so gering, dass es eines klügeren und erfahreneren Analytikers bedarf, als Julian sich selbst zu sein glaubte, um ihn einzuschätzen. Auch hier hatte er Hoffnung auf Berry. Und es war klar, dass Berry nicht besonders geneigt war, Nadias Schuldgefühle zu empfinden. Er schien noch andere Fische zum Braten zu haben. Welcher Fisch?

Denn wenn Nadia, Sydney und Crawford durch einen bloßen Zufall alle unschuldig waren, wer blieb dann übrig? Joel selbst – und natürlich dieser mysteriöse Dorn. Warum konnten sie Dorn nicht finden? Von der Ineffektivität der Polizei kann man da nur reden! Das Einzige, was sie erreichen könnten, wäre die Suche nach einem Menschen, der weniger als zwölf Stunden Vorsprung hatte. Besonders, wenn er, wie es mehr als wahrscheinlich schien, in der Nähe von Thorngate herumlungerte. Wenn dieser verdammte Nebel nicht wäre, würde er selbst auf die Jagd gehen, selbst wenn das eine Begegnung Mann gegen Mann bedeutete. Alles war besser, als darauf zu warten, dass Dorn sich bewegte. Was war das jetzt für ein Geräusch – wie ein Fingernagel auf Glas? Ein Zweig, der vom Wind an der Scheibe gerieben wird? Aber es wehte kein Wind. Wind und Nebel gehen nicht Hand in Hand. Das Einzige, was man tun konnte, war, Berry zu finden und sich an die Arbeit zu machen. Es war diese schreckliche Untätigkeit, die ihm langsam auf die Nerven ging.

Er hasste es, Joel zu verlassen, auch nur für einen Moment. Als er ihr trauriges, weißes Gesicht betrachtete, während sie dort lag und schlief (sie war in einen unruhigen Schlaf gefallen), schmerzte sein Herz für sie. Vergib ihr ihren Mord! Er hatte kaum daran gedacht, seit sie ihm davon erzählt hatte. Er würde sie sowohl vor der Vergangenheit als auch vor der Zukunft schützen. Er betete, dass die Zukunft nichts Schlimmeres für sie bereithielt. Er berührte ihre Hand.

„ Diesmal komme ich bald zurück, mein Schatz", flüsterte er .

Joel bewegte sich, bewegte sich. Ihre Lippen bewegten sich, obwohl ihre Augen geschlossen waren. Sie flüsterte etwas und Julian bückte sich schnell, um zuzuhören.

„Violet Mowbray, das ist der Name. Sie sehen, ich *habe* mich daran erinnert. Violett – Violett – Violett –" Sie verstummte in ununterscheidbaren Lauten.

Julian wartete und hoffte, dass sie, während sie im Schlaf redete, vielleicht wichtigere Dinge verraten würde. Aber sie sprach nicht

mehr, und Julian, der ohnehin hocherfreut über das war, was sie
enthüllt hatte, machte sich auf die Suche nach Berry.

Siebzehntes Kapitel

Dann wachte Joel ganz plötzlich auf. Sie kam weit, starrte weit und wach. Die Bibliothek war dunkel. Als sie einschlief, war es noch nicht dunkel gewesen. *Etwas* hatte sie geweckt. War es das Knacken des elektrischen Schalters? War es das Schließen einer Tür – die Tür musste geschlossen sein, denn da war kein Lichtschimmer? War es die Präsenz durch ihre bloße Anwesenheit? Denn es *gab* eine Präsenz. So sicher wie der Tod war jemand bei ihr im Raum. Sie konnte fast genau sagen, an welcher Stelle sich der Jemand befand, ihre Nerven waren so angespannt, so schmerzhaft empfindlich. Ihre Nerven waren wie die Antennen eines Käfers oder die Suchscheinwerferstrahlen eines Schlachtschiffs, sie streckten sich aus und spürten es irgendwo zwischen ihr und den Terrassenfenstern. Sie konnte ihre Augäpfel nicht in diese Richtung bewegen – nicht, dass sie es hätte sehen können, wenn sie es getan hätte. Aber ohne es zu hören, wusste sie, dass es sich bewegte, und ohne es zu hören, wusste sie, dass es atmete. Ihr Fleisch empfand einen solchen Schmerz des Schreckens, dass es sogar in der inneren Membran ihrer Nasenlöcher brannte, als wäre es starke Kälte, und Tränen der starken Kälte liefen ihr unter die Augenlider. Wenn sie schreien oder sich bewegen könnte! Aber sie war zu beidem nicht in der Lage. Abgesehen von den Wellen der Angst, die sie schmerzerfüllt überrollten, war ihr Körper losgelöst und keiner schweißtreibenden Willensanstrengung ausgesetzt. Allein ihr Gehirn war aktiv, auf seltsam geschrumpfte, aber lebendige Weise. Wie ein kleines, in die Enge getriebenes Nagetier, sehr klein, aber sehr lebendig, rannte es zitternd in einer winzigen, hell erleuchteten Falle umher. Es hatte statische, fiebrige, angeschlagene Augen und rannte an einer Seite seines Käfigs hoch, fiel dann zurück und versuchte hysterisch, die andere zu versuchen. Wenn etwas gnädigerweise passieren würde – sofortiger Tod, anstatt in einer verurteilten Zelle darauf zu warten.

Sie erinnerte sich! Wie viel erinnerte sie sich, in Blitzen, mit der Klarheit des Schattens eines fliegenden Vogels auf sonnenbeschienenem Schnee; und in bitterer Ironie beobachtete sie sich selbst beim Erinnern, als ihr klar wurde, dass es das war, was man normalerweise in gezählten Sekunden tat. Da war diese schreckliche Geschichte von Ambrose Bierce, wo man bis zum letzten Satz nicht wusste, dass sich die ganze Handlung zwischen dem Zuziehen der Schlinge und dem Erlöschen des Lebens im

Kopf des Mannes abspielte. Sie selbst hatte eine ähnliche Erfahrung auf einer Bobbahn auf einem vereisten Hügel gemacht, der am Fuße eines Flusses überquerte, als es sicher war, dass ein Schleudern in einer Kurve sie von der Brücke in die Schlucht schleudern würde. Ihre Seele hatte das zum Untergang verurteilte Schiff verlassen und sah ruhig dem Ende ihres Körpers zu. Dass sie es überlebt hatte, war nicht der Gnade ihrer Seele zu verdanken! Hatte sie nicht von einer absurden religiösen Vorstellung gehört, dass ein gewaltsamer Tod, bei dem der Körper zerschmettert wird, bedeutet, dass die Seele lange braucht, um den Himmel zu erschaffen, und sich nur langsam aus dem Fleisch löst? Warum, in diesem Moment hatte ihr Geist sie verlassen und verließ ihren Körper, um dem schrecklichen Ding unbeaufsichtigt zu begegnen. *Zu* schrecklich – sie floh davor, die Nächte und die Tage hindurch.

Sie erinnerte sich daran, wie sie als Kind auf einen großen Ahorn geklettert war – einen Ahorn im Herbstlaub – und in einer Welle aus reinen, durchscheinenden Farben ertrank und für die Welt verloren war, bis sie auf dem Wellenkamm auftauchte und eine neue Welt erblickte, die sie aus großer Höhe und mit neuen, farbverschmierten Augen sah. Sie erinnerte sich daran, wie ihr Vater sie als Mutprobe nachts allein durch einen Kiefernhain schickte und sie eiskalt erfroren war, als sich das näherte, was sich als Weidevieh herausstellte. Onkel Bertrand schickte sie alle durch das Tal des Todesschattens. Wie wenige von ihnen – *Es bewegte sich!* Ihr Geist sprang aus diesem Versteck der Erinnerungen und floh stürmisch, um sich in eine gegenüberliegende Ecke zu kauern: Sie erinnerte sich an einen kühlen Sommerabend, als sie und ihre Freundin aus der Kindheit auf Fahrrädern um den Block rasten, und an das Entsetzen, das zwischen ihnen ausbrach, als ein Monsterauto – in den Tagen, als es noch wenige und monströse Autos gab – Margaret erfasste und sie auf der Stelle tötete. Sie erinnerte sich daran, wie sie auf einer Wiese in Gloucestershire englische Schlüsselblumen gepflückt hatte, die anders waren als unsere amerikanischen Schlüsselblumen. Sie trug ein rosa Musselinkleid mit weißen Punkten, und die gelben Blumen mit ihrem unvergänglichen, unbeschreiblichen Duft zogen sie wie Persephone von Feld zu Feld. Sie erinnerte sich daran, wie sie schreiend aus ihrem ersten Film gezerrt wurde, einem stummen Film, abgesehen von der Waffe, die ein Western-Desperado in Nahaufnahme von Gesicht und Gewehrmündung aus nächster Nähe auf sie abfeuerte. Wenn sie jetzt so schreien könnte! Sie schrie innerlich, bis ihr die Kehle schmerzte – und kein Laut kam heraus. Sie sprang auf und floh zur Tür, stolperte, fiel, stolperte – und doch hatte sie sich keinen Zentimeter bewegt. Ihr Verstand, der den Dingen nicht ins Auge sehen konnte, entkam erneut. Sie erinnerte sich daran, wie sie in einer Frühlingsnacht mit der Speerspitze nach Saugnäpfen gejagt hatte, einen breiten, langsam fließenden Bach hinaufgewatet war, und wie sie alle dastanden, mit nicht erhobenen Speeren, sporadisch beleuchtet vom Licht ölgetränkter Fackeln. Sie erinnerte sich an den Tag am Strand von Shelter Island, als Jerry zu ihr gesagt hatte: „Deine Hochzeit, meinst du?" „Ist das, um über die Runden zu kommen, wenn du mehr Geld ausgibst, als wir haben, immer meine Beerdigung?" Sie erinnerte sich an ihre schwarz-rote Wut, als er sie lachend verspottet hatte: „Komm schon, meine Liebe, ich gebe zu, du bist ein süßer Bluffer, aber um Gottes Willen, versuch nicht, mir gegenüber Europäer zu sein. Ein Duell? Ich kenne dich zu gut. Du hast nicht die Leichtigkeit, damit durchzukommen." Jerry! Sie durfte jetzt nicht an Jerry denken, sonst würde sie sich zwischen zwei Feuern wiederfinden – diesem neuen äußeren Schrecken und dem alten inneren. Jerrys Gesicht als –

Oh mein Gott, Es bewegte sich schon wieder! Diesmal zu nah für *eine* Flucht. Natürlich wusste Es, dass sie da war. Dafür war Es hier. Wo war Julian? Warum hatte er sie verlassen? Das letzte Bild mit ihren offenen Augen hatte Julian neben ihr sitzen sehen – das letzte Bild vor ihrem geistigen Auge hatte gezeigt, wie er noch immer über sie gebeugt war und ihr beim Einschlafen zusah. Einen Augenblick lang stellte sie Es sich als Julian vor. Nein-nein-nein-nein-nein. *Nein* , er mochte einmal ein Mörder gewesen sein, aber er tat ihr das jetzt nicht an – das war er nicht, das war er nicht. Es war – war derjenige, von dem sie wusste, dass er die anderen getötet hatte: Blake, Romany, ihren Onkel. Es war – Und dann, erleichtert, nicht einmal an den Namen *denken zu müssen* , gab sie plötzlich nach und sog dankbar den schwachen süßen Geruch eines Tuchs ein, das ihr übers Gesicht geworfen und an ihrem Hinterkopf zusammengebunden war. Das kleine Nagetier mit seinen versteinerten Augen und seinem pochenden Herzen hätte das Pochen, als käme es von einem für seinen Körper zu starken Motor, keine Sekunde länger bei Bewusstsein ertragen können.

Achtzehntes Kapitel

Detective Lieutenant Silas Berry von der New Yorker Mordkommission durchsuchte Romanys Zimmer gründlich nach möglichen Hinweisen.

„Mr. – Inspector – Lieutenant Berry." Julian war etwas verlegen. „Können Sie mir ein paar Minuten Zeit geben? Ich möchte reden."

Berry legte seine Lupe auf die Kommode.

„Nichts würde mich mehr freuen, Junge", sagte er fröhlich, verschränkte die Arme und lehnte sich gegen den Bettpfosten. „Wie Sie zweifellos bemerkt haben, sitzen wir Detektive einfach nur herum und warten darauf, dass jemand so freundlich ist, ein Geständnis abzulegen und unser Gesicht vor einer kritischen Öffentlichkeit zu wahren. Was beschäftigt Sie? Ich glaube, Sie waren es, Prentice", fuhr er ohne Unterbrechung fort, „der dachte, dass heute Morgen zwei Schüsse auf Whittaker abgefeuert wurden. Nicht, dass er nicht ein Dutzend verdient hätte, wenn man das Chaos bedenkt, das er durch seinen Verrat an dem armen alten Crawford angerichtet hat. Sind Sie immer noch derselben Meinung über diese Schüsse, obwohl Mr. Belknap genauso sicher ist, dass das Gegenteil der Fall ist?"

Julian stopfte seine Pfeife mit zitternden Fingern, um seine Aufregung und Freude über Berrys lockeren, natürlichen Kameradschaftston zu verbergen.

„Ja, Mr. Berry. Das bin ich. Aber ich gebe zu, dass ich mich von jedem, außer Mr. Belknap, eines Irrtums täuschen lasse."

„Mir ist aufgefallen, dass Sie und Mr. Belknap nicht ganz einer Meinung sind." Berrys Lippen zuckten zu einem halben Lächeln. „Oder liegt es daran, dass Sie bis zur gegenseitigen Beeinflussung identische Sichtungen hatten – sind *Sie* auch auf die Dorn-Lösung gekommen? Sie haben doch keine Lust auf einen so gewaltigen Rivalen, oder?"

„Vielleicht. Ja, Dorn war mein erster Verdacht und es sieht so aus, als wäre er auch mein letzter. Aber glauben Sie wirklich, dass er Mr. Belknaps Sohn ist? Hat Mr. Belknap nicht Angst vor der Frau in dem Fall?"

„Sie meinen Miss Mdevani, nehme ich an. Warten Sie mal, Sie sollten *mir keine* Fragen stellen, junger Mann." Berry riss sich zusammen. „Sie sind hier, um sie zu beantworten. Verstehen Sie mich nicht falsch und denken Sie nicht, ich würde Sie als Watson auffassen."

Doch so streng der Ton auch war, ein kurzer Blick auf Berrys Gesicht offenbarte ein Funkeln dahinter, und Julian war bis in die letzten Züge von der intimen Prügelei begeistert.

„Ich verspreche, mir nicht zu sehr zu schmeicheln, Mr. Berry", lächelte Julian schüchtern. „Nun zu diesen Schüssen, Sir – und dann habe ich ein oder zwei Hinweise, die ich nur für Sie gehortet habe. Ich hörte zwei Schüsse, es sei denn, mein Gehör hatte sich verdoppelt. Ich *war* müde, aber ich hatte nicht getrunken. Allerdings liege ich mit den Fakten falsch; Der Colt war nur einmal abgefeuert worden. Meine Aussage hat also keine Bedeutung."

„Amateurhaftes Denken, Prentice. Versuchen Sie, den Grund herauszufinden, wenn Sie heute Abend ins Bett gehen – ich hoffe, Sie gehen *ins* Bett –, und die Mühe wird Sie besser einschlafen lassen als Schafe zählen. Oder kommen Sie und erzählen Sie mir, wenn Sie den Nigger in Ihrem Holzstapel finden. Also gut, geben Sie uns Ihre Hinweise. Ich bin ganz aufgeregt. "

Julian holte seinen dünnen weißen Zettel mit der kryptischen Botschaft hervor.

„Sehen Sie, Colonel Blake war markiert und nummeriert", sagte er.

„Ich bin überrascht, dass Sie den Code kannten. Sehr aufmerksam von Ihnen. Wo haben Sie das gefunden?"

„Auf der Treppe, nachdem Mrs. Crawford geschrien hat."

„Ist das die Summe Ihres Wissens über seine Vorgeschichte, seinen Geburtsort und seinen Lebenszweck? Dann sind wir ungefähr so weit wie vor einem Monat."

Julian sah erschöpft aus.

„Kann es nicht zurückverfolgt werden?" er murmelte.

„Was ist mit einer Schablone? Egal. Lass dich davon nicht beunruhigen. „Oh, ich *behalte* es", fügte er hinzu, als Julian ihm die Hand reichte. „Unser Freund Stebbins wird es genießen. *Wenn* ich es ihm zeige. Er hat kein Gespür für Motive, aber er frisst Hinweise auf. Hast du noch andere?"

„Nein, nicht ganz. Aber ich dachte, ich sollte besser erwähnen, dass Miss Lacey sich gerade an den Namen erinnerte, an den sie sich erinnern wollte. Wissen *Sie* , der von Romany erwähnte Name. Es ist Violet Mowbray. Bedeutet es für Sie eine gesegnete Sache? Für mich ist es das nicht.“

Berrys Augen waren auf das Muster im Teppich gerichtet. Wieder konnte Julian nichts aus seinem Gesicht machen. Dann schnalzte Berry mit der Zunge, es klang wie ein Miniaturschuss, und für den erschrockenen Julian registrierte es das Klicken einer Idee.

„Ähm?!“ Berry dehnte den fragenden Ausruf mit übertriebener Sanftheit aus. „Sehr seltsam. Eigentlich *sehr* seltsam. Danke, Prentice. Endlich trägst du *deinen* Teil bei. Es passt. Es passt verdammt gut. Und genau danach suche ich, weißt du – Dinge, die zu *meiner* vorgefassten Meinung passen. Es gibt zwei Möglichkeiten, dieses Detektivgeschäft zu betreiben, Sohn – Theorie zuerst und Theorie zuletzt. Meine ist die erste. Ich passe meine Fakten dem Verbrechen an. – Hallo, Belknap. Komm rein. Prentice und ich veranstalten eine Wahrheitsparty. Oder besser gesagt, er ist mit ein bisschen Wahrheit rübergekommen, nachdem er sie den ganzen Nachmittag lang zurückgehalten hat. Aber ich bin nachsichtig mit ihm, weil er behauptet, das sei alles meinem Charme zu verdanken. Er hat gespart, nur um mir ein paar Tipps zu geben. Bist du nicht eifersüchtig?“

„Rraather.“ Belknap setzte seinen englischen Vorfahren immer dann einen Akzent, wenn seine Würde gefährdet war. „Soll ich mich zurückziehen?“

"Auf keinen Fall. Ich bin mir sicher, dass sogar der ungebildete Prentice zustimmen wird, dass in Sachen Codes und Violet Mowbrays drei Köpfe besser sind als zwei. Es gibt doch nicht zu viele Detektive, oder?“

„Violett Mowbray!“ Belknap zeigte plötzlich und deutlich Interesse und für einen Mann, der selten eines zeigte, *war das* bemerkenswert. Er schloß die Tür. „Was ist mit Violet Mowbray? Ich dachte, ich hätte sie unter Verschluss. Ist sie im Ausland?“

„Wir wissen es nicht. Es war der Name, an den sich Miss Lacey nicht erinnern konnte und an den sie sich erinnert hat.“

"Mal sehen. Wie kam es, dass Miss Video sie erwähnte? „Offenbarung für Offenbarung, mit Violet Mowbray als Ergänzung?“ War es das? Es könnte alles bedeuten. Schließlich hatte Violet Mowbray eine Vergangenheit. Wir sollten uns das aber besser ansehen.“

„Ja, Miss Lacey war letzte Nacht nicht die einzige Herumtreiberin.“ Berry schielte zu Julian, der verwirrt dastand, aber erfreut über die Reaktion auf mindestens einen seiner hoffnungsvollen Vorschläge. „Vielleicht hat die Bemerkung einem anderen mehr bedeutet als ihr. Und es kann nicht schaden, Violet aufzusuchen, das arme Mädchen. Einer Ihrer grausamen Fälle, Belknap. Natürlich brillant ausgeführt und in der Konsequenz wohl gerechtfertigt, aber sündhaft grausam. Ich bin überrascht, dass sie lebt. Das beweist allerdings nicht, dass sie es ist.“

„Es *war* eine traurige Angelegenheit. Ich selbst habe es bedauert. Aber Blake war ein enger Freund, und ich sah eine Möglichkeit, seinen Namen reinzuwaschen. Soll ich im Gefängnis anrufen? Einer von uns könnte sie morgen sehen – oder wir könnten einen Mann dorthin schicken.“

„Das tun Sie. Aber denken Sie noch einmal darüber nach, bevor Sie gehen.“

Belknap nahm die verschlüsselte Nachricht entgegen, ohne sie überhaupt anzusehen.

„Oh ja. Ich habe mich gefragt, wann ich das wiedersehen würde. Wo hast du es gefunden?“

„Prentice hat es auf der Treppe gefunden.“

„Ich muss es dort fallen lassen. Ich wollte es wirklich nicht als Beweismittel einreichen, es sei denn, es war notwendig. Zumal ich davon überzeugt bin, dass es keine Bedeutung hat. Ich habe es von Miss Mdevani erhalten. Sie saß in einer Falle, wie Sie sehen können. Sie brachte mir das, um mir zu zeigen, wie verzweifelt sie in einer Falle steckt. Unter den gegebenen Umständen war es für sie von Vorteil, den Mord gestern Abend hier zu verhindern. Aber wenn es nur zwischen ihnen beiden gewesen wäre und die Welt verloren gegangen wäre, hätte sie Whittaker sicher das Gehirn rausgepustet und gedacht, dass er für seinen verdammten Verrat glimpflich davongekommen wäre. Bedenken Sie, dass ich keinen Anspruch auf ihren Charakter habe. Dies würde sich erheben, um mich zu verleugnen.“ Er lächelte ironisch und hob ihnen das Papier entgegen. „Sie ist kein Engel. Aber ich muss über den vorliegenden Fall informiert werden. Wenn Sie der Meinung sind, dass ich aus diesem Grund für Sie und Stebbins weniger hilfreich als vielmehr hinderlich sein werde, werde ich mich gerne zurückziehen, ohne ein schlechtes Gefühl zu haben, das verspreche ich Ihnen."

„Nicht für eine Minute, alter Mann. Träumen Sie nicht davon, mich und das Schiff im Stich zu lassen. Tatsächlich würde und *könnte ich nicht* ohne dich auskommen. Ich bin nicht so kaltblütig wie du; und ich genieße es überhaupt nicht, nachts im Nebel allein gelassen zu werden, während die Ratten entweder tot oder verlassen sind. Nein, ich schätze, ich könnte das ertragen. Aber ich *erwarte* von Ihnen, dass Sie das fehlende Bindeglied zu einem meiner Meinung nach ziemlich schlimmen Wirrwarr bilden. Das erinnert mich daran, dass ich Ihnen eine wichtige Frage stellen muss. Läufst du mit, Prentice, wie ein guter Kerl? Die Machthaber wollen verleihen."

Julian, der sich gerade selbst dazu gratuliert hatte, dass sie ihn anscheinend völlig vergessen hatten, war traurig enttäuscht. Er ließ sie mit zusammengesteckten Köpfen zurück.

XIX

Ja, Belknap und Berry hatten endlich in Frieden und Stille ihre Köpfe zusammengesteckt – wenn man sagen könnte, dass man Wang an Wange und mit einer Zunge in jedem steckt, die Köpfe zusammensteckt. Griechisch traf sich mit Griechisch, und mit Vorbehalten (ausgesprochen mit Vorbehalten!) legten sie ihre Karten auf den Tisch.

Es war eine *Art* Frieden und Ruhe, in der sich die beiden Männer unterhielten. Nichts, dachte Berry, war ihm jemals hohler und stiller vorgekommen als Thorngate an diesem Samstagabend: Nebel draußen und Krankheit, Depression und möglicherweise Schuldgefühle drinnen. Wie das Zentralvakuum eines Zyklons schien es vorn wie hinten ebenso viel Unheil anzukündigen. Für einen Moment wünschte er, er und Belknap hätten Sergeant Stebbins seinen hartnäckigen Wunsch erfüllen lassen, der darin bestanden hatte, die ganze Truppe für die Nacht zum Gefängnis von Blue Acres zu bringen. Eigentlich hatte er sich Belknaps stillem, aber entschlossenem Widerstand gegen diesen Gedanken angeschlossen, weil ihm der Gedanke, jemanden auf frischer Tat zu ertappen, Freude bereitete. Belknaps Behauptung war, dass der Skandal in der Gesellschaft schon schlimm genug sei, ohne mehrere prominente und angeblich ehrenwerte Damen und Herren ins Gefängnis zu treiben, als wären sie alle des Mordes schuldig. Es war kaum wahrscheinlich, dass sie alle schuldig *waren*, und die Gefahr einer verletzten Unschuld war nicht fair, sie einzugehen.

Aber Stebbins hätte sich zweifellos mit dem verhafteten Crawford durchsetzen können, den er zu seiner eigenen Genugtuung immer wieder für schuldig befunden hatte, Whittaker ermordet zu haben, wenn Crawford nicht einen günstigen Moment gewählt hätte, um zusammenzubrechen und ins Bett gebracht zu werden. Sogar der hartgesottene Belknap hatte einen Anflug von Mitgefühl für den niedergeschlagenen Crawford gezeigt und gefragt, ob jemand nicht ein Schlafmittel hätte. Es war Nadia Mdevani, die die kleine rote Flasche aus ihrer Kosmetiktasche hervorholte, ein paar 1,5-Zoll-Kapseln in ihre hohle Hand schüttete und sie erneut in Belknap's schüttete, der sie zu Sydney Crawford's übertrug.

„Ohne diese könnte ich nicht überleben", hatte sie gesagt. „Sie sind harmlos genug – Allanol oder Luminol oder so etwas."

Somit war jede lebende Seele, die am Abend zuvor in Thorngate gegessen hatte, immer noch da, immer mit Ausnahme von Dorn. Es war diese Tatsache seiner Abwesenheit, die Dorn in der Belknap-Berry-Diskussion an die Spitze brachte.

„Kein Bericht über Milton Dorn?“, fragte Berry.

„Für uns nichts von wirklichem Wert. Aber einer Ihrer Männer hat einen versteckten Raum im hinteren Teil seines Büros in der 85. Straße freigelegt und darin mehrere menschliche Präparate in unterschiedlichen Sektionsstadien. Keiner von ihnen kann überleben, aber keiner hat den Todesstoß des Messers erhalten. Die Presse ist *dieser Spur auf der* Spur, wie Sie sich gut vorstellen können. Und natürlich kann sie nur davon überzeugt werden, dass Dorn für unsere drei Morde und noch ein paar andere schuldig ist. Ich wünschte, ich wäre mir bei den dreien so sicher wie bei den wenigen anderen.“

Berry schauderte.

„Sie sagen, das alles sei für uns wertlos? Ich würde meinen, es wäre ein Zeichen für Ihren Charakter, das Licht in die Situation bringen könnte. Es ist jedoch sinnlos, voreilige Schlüsse zu ziehen. *Unser* gesamter Fall gegen Dorn läuft auf sein Verschwinden hinaus, zusammen mit Ihrer Möglichkeit, ihn zu sehen.“

„Das stimmt vollkommen. Meine Antwort bezog sich lediglich auf die Tatsache, dass er selbst nicht aufgespürt und erst recht nicht gefunden wurde.“

„Ich verstehe.“ Berry strich sich übers Kinn und blickte mit geschlossenen Augen zu Belknap auf. „Du bist nicht besonders gut gelaunt, alter Mann. Du weißt nicht, was du sagen sollst? Sag es mir nicht!“

„Das glaube ich, Berry. Ich stecke fest.“ Belknap lächelte langsam, verfehlte jedoch, Berrys offene Augen zu erwidern. „Das Problem ist, dass ich kein Talent für dieses Geschäft habe. Und wenn meine Instinkte nicht mitspielen, stolpere ich. Ich kann nicht gut mit einer Lupe umgehen, das muss ich zugeben.“ Und Belknap deutete mit dem Kopf auf das Glas auf dem Tisch.

Berry lachte.

„Das bin ich eigentlich auch nicht“, sagte er. „Ich verneige mich vor Konventionen. Ich weiß, dass du das nicht tust. Aber meine Instinkte sind auch nicht besonders gewalttätig. Ein bisschen

Glück, etwas Nachdenken und eine enorme Menge harter Arbeit haben den armen Jungen dorthin gebracht, wo er heute ist. Verunglimpfen Sie ihn nicht. Ein Glas wie dieses ist ein hübsches kleines Handwerkszeug. Jungen wie Prentice mögen es, einen Detektiv ohne Netz zu sehen, genauso wenig wie sie es mögen, einen Naturforscher ohne Schmetterlingsnetz zu sehen. Ich bin ein Detektiv, wissen Sie; du bist ein Genie. Das ist der Unterschied – und oh, der Unterschied für mich! Mensch, das reimt sich, Belknap – innerlich.“

Es stimmte, dass Belknaps Ruf auf den ersten Blick den von Berry aufgrund der „Ahnungen“ übertraf, die ihn spektakulär machten. Dennoch hatte Berry, gerade weil er sie nicht hatte, im Durchschnitt vielleicht einen höheren Prozentsatz an Erfolgen als der ältere Mann. Während Belknaps Misserfolge, dem Schicksal der Helden zufolge, unerwähnt blieben oder über Nacht vergessen wurden, gingen die Misserfolge von Berry in die Geschichte ein.

Berry hatte vor kurzem am Ende eines langsamen, zermürbenden und mühsamen Falles, der vor fünf Jahren begonnen hatte, ein „Finis“ geschrieben – natürlich hatte er in der Zwischenzeit seine Finger in zahllosen erfolgreichen und erfolglosen Fällen im Spiel gehabt. Die Razzia im Star Diamond-Raub, von Anfang bis Ende aus der Vogelperspektive betrachtet, war ein Meisterwerk komplizierter Handwerkskunst und raffinierter Planung, mit Berry als Spinne. Aber es war zu viel verlangt, dass eine wankelmütige Öffentlichkeit eine fünfjährige Jagd, die um die ganze Welt und wieder zurück führte, nicht aus den Augen verlor. Und welche Zeitung würde sich die Zeit nehmen, die Sache ausführlich genug zu besprechen, um ihr Muster im Flachrelief herauszuarbeiten.

Belknap hingegen interessierte sich bei ihrer Geburt selten für Verbrechen. Sie mussten sich zusammenreißen, Charakter annehmen und sogar in den Detektivkellern altern und reifen, bevor er zu ihnen aufwachte. Dann plötzlich, mit der Kette und dem Schuss vor sich, sah er den Fehler, den schwachen Faden und entwirrte das Ganze im Handumdrehen. Belknap hegte eine gewisse Verachtung für Berrys Methoden, hatte jedoch aufrichtigen Respekt vor seinen Leistungen.

„Ich bin mir nicht so sicher, was das Glück in deinem Fall angeht, Berry“, sagte er großzügig. „Ich fürchte, bei mir war es schon immer viel zu viel. Ich bin *kein* harter Arbeiter. Und was das

Denken betrifft, so geschieht es in den Keilen der Intuition, die zwischen Schlafen und Wachen getrieben werden. Ich habe verdammt wenig damit zu tun. Deshalb bin ich jetzt auf einem Baum. Ich habe nicht gut geschlafen, seit die Berichte über unsere Morde eintrafen."

„Du siehst nicht danach aus. Und wenn ich nicht falsch liege, steht uns eine schlimme Nacht bevor. Lassen Sie uns also unsere bisherigen Listen noch einmal durchgehen und den Haushalt nicht zu lange allein lassen. An wen ist zu denken? Herr und Frau Crawford; Prentice und seine Freundin; Fräulein Mdevani; und dieser fehlende Dorn. Und *das* lässt die durchaus mögliche Möglichkeit außer Acht, dass Blake Miss Video getötet hat oder *umgekehrt* , oder dass Whittaker beide getötet hat. Der Name von Violet Mowbray könnte ein Sprungbrett sein oder sich nur als ein weiterer Stolperstein erweisen. Was mich an Miss Videos Bemerkung wirklich interessierte, war der Teil „Offenbarung für Offenbarung". Meinte sie damit, dass Whittaker ihren Geliebten Crawford entlarven wollte, weil sie ihn auszahlen würde? Denn sie *könnte damit gemeint haben, dass* ich mich mit einer Geschichte über Sie und Violet Mowbray rächen werde, wenn Sie *mich* bloßstellen . In diesem Fall würde es einen kleinen Verdacht von mir bezüglich des Tagebuchs bestätigen, das ihr Leute so gern vergessen wollt. Vielleicht waren sie *alle im* Tagebuch enthalten – nicht nur Crawford. Whittaker hat möglicherweise neunundfünfzig statt einer Katze aus dem Sack gelassen. Den Berichten zufolge war er ein alter Schurke, Whittaker. Wenn das so wäre und die meisten von denen hier miteinander verbundene Teile hätten, was wäre dann wahrscheinlicher als die einzige Möglichkeit für einen von ihnen, reinen Tisch zu machen, darin, alle anderen und mit ihnen das Tagebuch auszulöschen?"

Belknap betrachtete aufmerksam einen Daumennagel und hielt inne, bevor er sprach.

„Kluge Argumentation, Berry. Du bist unheimlich warm, das wird dich freuen. Ich hatte keine gute Gelegenheit, Ihnen die Methode dieses Wahnsinns zu erklären, falls es eine gibt. So wie es ist, ist es Whittaker. Der arme Teufel, obwohl ich schwöre, dass ich nicht so mitfühlend sein kann, wie ich sein sollte, lag im Sterben an Krebs und wurde Zeuge seiner brillanten Idee, die Strafe zu verkürzen. Er rief mich in letzter Minute an, um zuzusehen, wie es fertig wurde – zu spät, um mehr als nur zu protestieren und mich dann mit etwas abzufinden, von dem ich dachte, dass es ein ziemlich grausamer Scherz werden würde, und das sich als viel zu viel des Guten erwiesen hat. Ich versichere Ihnen, ich habe nicht mit einem Durcheinander gerechnet! Ich habe diesen Artikel nur für Ihr Ohr behalten, weil – nun ja, *Sie* kennen die Polizei. Können Sie sich diesen verdammten Sergeant nicht vorstellen, der heiß und genervt auf der Spur einer Menge abgestandener Verbrechen ist, wenn die Zeit für das Neue zu knapp ist? Was sagen Sie dazu?"

Berry ging hinüber und öffnete ein Fenster. „Schlechte Nacht", sagte er und spuckte aus. Er klopfte die Asche aus seiner Pfeife auf das steinerne Fensterbrett, schloss absichtlich das Fenster und trat ein paar Schritte zurück, während er kam, füllte er seine Pfeife erneut und behielt dies im Auge.

„Du hast mich ziemlich viel im Dunkeln herumtasten lassen, nicht wahr, Junge? Oh, ich gebe dir nicht unbedingt die Schuld. Schließlich war es Ihr Fall, nicht meiner. Es gibt ein Catch-as-catch-can-Element zwischen uns, das wir wohl nicht vermeiden können. Und abgesehen davon stimme ich mit Ihnen überein, dass es ziemlich unangebracht wäre, Ihrem Freund, dem Richter, zu erlauben, die Karrieren seiner kriminellen Freunde zu verderben, weil es zwischen ihnen gewisse jahrhundertealte Berufsgeheimnisse gibt. Denn ich nehme an, das ist es, was Sie mir sagen wollen."

„Das bin ich, ganz genau. Aber was nützt Ihnen das jetzt, da Sie aufgeklärt *sind*? Mir hat es wenig geholfen zu wissen, dass die Miss Laceys und Mr. Prentices ihre Vergangenheit haben. Können Sie sich einen von ihnen mit Blut von letzter Nacht an den Händen vorstellen?"

"Nicht besonders. Aber wir haben beide unsere tragischen Erfahrungen mit sanften Geschöpfen gemacht, die den Schleier der Unschuld über eine positive Sündenflut ausgebreitet haben. Nein, angesichts Ihrer Geschichte darüber, was Whittaker sich vorgenommen hatte und was er mit Bravour getan hat, läuft die Sache auf eine nette psychologische Angelegenheit hinaus. Wir können uns von den Indizienbeweisen nicht leiten lassen; Es sei denn, alle Umstände deuten direkt auf Ihre ausländische Dame, Miss Mdevani, hin. Aber ich für meinen Teil habe das Gefühl, dass es ihr aufgedrängt wird. Ich nehme an, dass es Ihnen genauso geht? Allerdings können wir es uns nicht leisten, sie zu eliminieren. Was alle betrifft, haben wir nur ihre eidesstattliche Erklärung darüber, wie sie die letzte Nacht verbracht haben: Größtenteils Miss Lacey in Mr. Prentices Zimmer; Mr. Prentice im Richterzimmer, außer wenn er nicht da war; Sie denken, die Richterin in „Miss Videos"; Mrs. Crawford allein; Fräulein Mdevani war viel unterwegs – und wurde dennoch erst gesehen, als sie Sie besuchte; Mr. Crawford ist weiter unterwegs, wird aber wegen der Verabredung mit seinen Kollegen nicht gesehen. In den wenigen Fällen, in denen wir ihre Geschichten überprüfen können, finden wir sie ungewöhnlich wahrheitsgetreu. Sie haben Miss Lacey gesehen, als sie sagte, sie sei auf einen Drink in die Bibliothek gekommen. Mrs. Crawford sah Mr. Prentice, als er aus dem Zimmer des Richters kam, als sie auf dem Weg nach unten war, um ihren Ehemann zu finden, und fand stattdessen Blake. Niemand hat Blake gesehen. Du bist weitergegangen und hast verdammt wenig gesehen – es sei denn, du *hast* Dorn gesehen. Ich war erst nach zwei der wichtigen Episoden auf dem Bild und zu weit weg, um aus der dritten viel herauszuholen. Beim dritten Mal warst du tatsächlich dabei und es hat dir sehr gut getan. Was mich daran erinnert. Ich möchte die Dreharbeiten noch einmal mit Ihnen besprechen. Es stört mich. Ein Schuss, sagen Sie, aus Richtung der Bibliothekswand, also aus den Löchern darin. Prentice *besteht* auf zwei."

„Es gab einen Schuss", sagte Belknap mit beherrschter Ruhe. „Ich glaube, es ist unnötig, mich zu wiederholen. Aber es *gab* Fälle von gleichzeitigen oder fast gleichzeitigen Schüssen, die einen täuschen konnten, insbesondere die Person, die dem Tatort am nächsten war. Meinen Sie, es könnte etwas in dieser Art gewesen sein? Miss Mdevani in der Wand und Crawford oder sein Angestellter in der Speisekammer, sagen wir mal?"

„Meine Idee in aller Kürze. Sehen Sie, das ist es, was mich zu einem solchen Ärgernis in diesem Thema macht."

Berry zog die Kugel eines Colt-Automatikgewehrs Kaliber 22 aus seiner Westentasche – eine Kugel, die offenbar mit der identisch war, die am Morgen in dem Tisch gefunden worden war.

„Darf ich fragen?", fragte Belknap ernst, nahm das Kügelchen auf seine Handfläche und reichte es von einer Hand in die andere.

„Auf meine akribische, penible Art", sagte Berry mit seinem kleinen, schiefen Lächeln, „habe ich heute Abend das Esszimmer gründlicher gesäubert als Sie, ich und der Sergeant heute Morgen, als wir gemeinsam gearbeitet haben." Berry war dafür bekannt, in seiner Gründlichkeit eine frisch tapezierte Wand abzukratzen! „Und dieser Artikel ist das Endergebnis. Gefunden *in* der Anrichte – Sie haben dieses Chippendale-Ding zwischen den

Fenstern bemerkt –, ganz innen, tief in der Rückwand, mit geschlossenen Türen und ohne Löcher in den Türen. Das heißt, die Türen standen offen, als der Schuss abgefeuert wurde, was übrigens nichts bedeutet.“

„Genau, überhaupt nichts. Und natürlich kann es dort jahrelang versteckt gewesen sein, das Relikt eines früheren Schießausflugs in der Whittaker-Villa! Aber ich gratuliere Ihnen zu dem Fund, denn es *ist* ein Fund. Wir müssen es zum Ballistiker bringen, der Beweisstück A hat, und ihn bestimmen lassen, welcher Schuss, wenn überhaupt, von unserer erbeuteten Waffe stammt. Wir wissen, dass nur ein Schuss daraus stammen kann.“

„Sicher. Ich werde mich darum kümmern. Sie setzen sich mit Miss Mowbray in Verbindung. Ich werde mich währenddessen um Miss Videos Zimmer kümmern, und Sie mischen sich unter die Bande. Je mehr ich über sie höre, desto weniger mag ich sie ohne Aufsicht. Bis später.“

Auf beiden Seiten der Tür holten alle tief Luft, was übersetzt so viel bedeutete wie: „Ich schätze, ich habe ihm meine *Fakten* ausreichend dargelegt. Schlussfolgerungen? *Nein.* “

XX

Sydney war wie eine Besessene durch das Haus gewandert. Von ihrem Zimmer, wo sie leblos und reglos neben Neils Bett stand, über das Ostzimmer, wo sie mechanisch ihre Hände nach dem Feuer ausstreckte, das Nadia selbst auf dem riesigen Kamin entfacht hatte, bis hin zur Küche, wo sie blindlings Dinge für Neils Wohlbefinden vorbereitete, machte sie mit gefrorenem Gesicht und starrem Körper ihre Runde. Der Geist war geschlagen – nur Sydneys Gestalt lebte und handelte weiter. Viel zu viele emotionale Krisen in viel zu kurzer Zeit hatten ihre Aufnahmefähigkeit zerstört; ob vorübergehend oder dauerhaft, blieb abzuwarten.

Nadia war im East Room, rauchte wie verrückt, nahm wahllos und hastig Krimskrams, Bücher, Bilder und ein Glas Wasser auf und legte sie wieder hin. Als sie den Geist Sydneys zum sechsten Mal vorbeiziehen sah, waren ihre Nerven so angespannt, dass sie protestierte.

„Um Himmels Willen, was ist denn los, Mrs. Crawford? Man könnte meinen, Sie wären die Einzige, die hier in Schwierigkeiten steckt. Ist es mit Ihrem Mann auch so schlimm? Kann er sich denn nicht zusammenreißen?"

Sydney blieb wie angewurzelt stehen und blickte mehrere Sekunden lang direkt durch Nadia, durch die Wände und durch den äußeren Nebel.

„Ihm geht es noch schlechter", sagte sie mit schleppender Stimme. „Ich verstehe es nicht."

„Ich komme mit dir rauf." Nadias Bombe aus wütender Ungeduld explodierte in der Luft und landete sanft. „Vielleicht kann ich etwas tun."

Wieder verging eine beträchtliche Zeit, bevor Sydney antwortete. Ihr Blick war in die Ferne gerichtet, als lauschte sie als Geschöpf aus einer anderen Welt auf ein Echo dieser Worte.

„Du darfst kommen", murmelte sie.

Sie gingen zusammen in das Zimmer der Crawfords und kamen im unteren Flur an einem Polizisten vorbei, der kerzengerade in einem Stuhl mit gerader Lehne an der Wand neben der Tür saß. Über dem Spiegeltisch neben ihm war ein Licht mit hoher und niedriger Helligkeit eingestellt. Es war das einzige Licht für den

Flur und die Treppe. Am oberen Ende der Treppe saß ein weiterer Polizist, ebenso unbeweglich und desinteressiert, in einem Stuhl mit gerader Lehne an der Wand.

„Es fühlt sich an wie in einem Hotel nach zwei UHR MORGENS oder wie in einem Bestattungsinstitut um die Mittagszeit“, rief Nadia in Sydney. „Lasst uns die Lichter anmachen und auf den Gräbern tanzen – ein Fest mit Hörnern und Zimbeln veranstalten.“

Aber Sydney war ihr gegenüber taub. Und selbst Nadias bitteres Lachen verstummte, als sie einen Blick auf Crawford warf, seinen Puls fühlte und auf seinen Atem lauschte. Entlang seiner Oberlippe befand sich ein schrecklicher weißlicher Rand von etwas, der wie getrockneter Schaum an einer Flutwelle aussah. Seine Augenlider bewegten sich weder nach oben noch nach unten, sondern blieben bis zur Hälfte der Pupillen fixiert. Sein Adamsapfel bewegte sich ein wenig krampfhaft. Nadia wechselte zu Sydney.

„Du kleiner verdammter Idiot“, zischte sie. „Was denkst du, was du tust – mit dem Tod spielen? Als ob wir davon noch nicht genug hätten. Hat dieser schreckliche Idiot von Dr. Giles seinen Dienst beendet?“

"Was ist los?" fragte Sydney steinig.

„Hast du ihm das Beruhigungsmittel gegeben, das ich dir gegeben habe?“

"Was?"

„Ich sagte: *Hast du ihm das Beruhigungsmittel gegeben, das ich dir gegeben habe ?*“

"Ich tat."

"Was sonst?"

"Ich weiß nicht. Etwas Tee, glaube ich. Und Bikarbonat. Und – und natürlich Wasser.“

"Ist das alles?"

"Ich weiß nicht. Ich sage dir, ich weiß es nicht. Worauf willst du hinaus? Gib mir eine Antwort! Wie meinst du das?"

„Bleib ruhig.“

„Versuchst du zu erkennen, dass ich –?“

„ *Halt die* Klappe, sonst zwinge ich dich."

Sydney Crawfords Augen schienen endlich aus dem kosmischen Universum zurückzukehren. Sie zogen sich zusammen und zitterten bis zum Entsetzen. Alles an ihr, von ihren geballten Händen bis zu ihrem leuchtend kreideweißen Gesicht, fasste sich kopfüber in ein Wort zusammen:

„ *Mörder!* "

Und Nadia Mdevani schien nur allzu bereit dazu zu sein, als Julian, der in der Tür stand, sie unterbrach.

„Erzählen Sie mir nicht, dass etwas nicht stimmt", sagte er mit leichtem Sarkasmus.

Die beiden Frauen standen so dicht aneinander, dass sie mehrere Atemzüge brauchten, um ihren Schwung zu stoppen und in neue Bahnen zu lenken. Nadia war die erste, die sich erholte.

„Wir brauchen einen Arzt, Mr. Prentice", sagte sie ruhig. „Und wir brauchen ihn bald." Sie warf einen Blick in Crawfords Richtung und riskierte mit leiser Stimme noch mehr: „Ich habe in meinem Leben schon einige Gifte gesehen, und das hier *ist* ein Gift! Arsen. Sie wissen, wie schnell das wirkt."

Sydney sprang auf Julian zu.

„Gehen Sie nicht, Mr. Prentice! Ich sage Ihnen, wenn Sie gehen
—"

Doch Julian war geflohen; den Korridor hinunter, die dunkle Treppe hinunter und hinaus in den Nebel. Sie hörten, wie sich die Tür laut hinter ihm schloss. Sydney ließ ihre Hände locker und resigniert an ihren Seiten sinken. „Das war's", sagte sie leise. „Nicht, dass es wirklich wichtig wäre. Ich bin Ihnen völlig ausgeliefert, Miss Mdevani. Sie denken vielleicht, es mache einen Unterschied. Das tut es nicht. Es gibt jetzt andere, denen das genauso egal ist wie Bertrand Whittaker."

Nadia musterte sie von oben bis unten mit kalter Verachtung und noch kälterem Mitleid.

„Machen Sie sich keine Sorgen, Mrs. Crawford. Ihre Zeit ist noch nicht gekommen. Noch nicht *ganz* ." Sie strich ihr glänzendes, ebenholzfarbenes Haar mit beiden Händen zurück. „Es sieht so aus, als müsste ich diejenige sein, die es tun muss — die Auserwählte des Herrn. Zur Abtötung des Fleisches." Sie sprach zu sich selbst, nicht zu Sydney.

Crawford bewegte sich ein wenig und stöhnte.

„Ich habe Schmerzen", sagte er. „Sydney."

„Ja?" Sydney rührte sich nicht und sah auch nicht zu ihm herüber.

"Ich habe Schmerzen."

"Es tut mir Leid."

„Stimmt etwas nicht?", fragte er.

„Ja, da stimmt etwas nicht."

Neil schien darüber nachzudenken. Schweißperlen standen auf seiner Stirn und auf den Handrücken, die schwach auf der Bettdecke lagen. Seine trockenen Lippen wurden merklich schmaler. Dann sagte er nur noch einmal:

„Sydney."

"Ja?"

„Sydney."

„Ich sagte: Was ist es?"

„Es liegt an Ihnen, Mrs. Crawford", rief Nadia leise.

"Wie meinst du das?"

„Sydney." Crawfords monotone, traurige Wiederholung ihres Namens war der tragische Unterton im Raum.

„Beeil dich", schrie Nadia flüsternd.

„Ich sage dir, ich weiß nicht, wovon du redest."

„Sydney."

„Du weißt so gut wie ich, was ich meine."

„Sydney." Seine Stimme war schwächer.

Die Anstrengung, mit der Sydney ihre Gliedmaßen bewegte und an Neils Seite trat, war schmerzhaft anzusehen, wie die ersten Schritte einer Frankenstein-Konzeption. Sie beugte sich ein wenig über ihn und legte ihre Hand auf seine Augen.

„Es ist alles in Ordnung, Neil. Es ist alles in Ordnung. Ich meinte nicht, dass es nicht so wäre. Es war so hart für dich. So schlimm, dass ich mich nicht mehr erinnern kann, wie schlimm es war. Wenn ich mich erinnern würde, würde ich sterben. Vielleicht erinnerst du dich ja. Lass es dich nicht umbringen, Liebling. Du und ich haben so viel zu tun. Wir werden dort weitermachen, wo wir unsere Geschichte begonnen haben – war es vor einem Jahr? Ich bin sicher, wir können genau die Seite, den Absatz und den Satz finden, bei dem wir aufgehört haben.“

Neil lächelte. Es war das Lächeln eines Blinden, süß und hilflos. Er ging ein wenig näher an Sydney heran und lag vollkommen still da. Wie lange die drei im Raum sprachlos und reglos blieben, wäre schwer zu sagen gewesen. Es war Belknap, der zwei von ihnen störte; der dritte war über jede weitere Störung hinaus.

XXI

„Was haben wir hier – eine Séance?“, fragte Belknap von der Tür aus.

Nadia zitterte und wich gegen die Wand zurück, als sie sich zu Belknap umdrehte. Ihre Hände mit gespreizten Fingern bildeten ein spinnenartiges weißes Muster auf der gewagten, modernistischen, schwarz-goldenen Tapete des Zimmers. Ihre Augen flackerten, und Belknap sah, wie sie das offene Fenster betrachteten, das zum Dach der Vorhalle führte.

„Mr. Belknap!“, atmete sie.

„Ihr ergebener Diener.“ Belknap schloss die Tür, drehte den Schlüssel um, steckte ihn ein und ging zum Bett.

„Was fehlt unserem Freund Crawford?“

Er stieß Sydney Crawford mit einem Arm beiseite, der keinerlei Einmischung geduldet hätte, selbst wenn es eine gegeben hätte. Er blickte auf Crawford hinunter, beugte sich dann über ihn und tastete dann rasch nach dem Herzen. Sein Gesicht verfinsterte sich.

„Dieser Mann ist tot“, sagte er, richtete sich auf und drehte sich zu Nadia Mdevani um.

„Gott sei Dank!“, rief Sydney und Belknap schwang sich zu ihr.

„Ein weiterer seltsamer Tod von Präsident Harding, ist es das?“

„Das müssen Sie selbst sagen, Herr Detektiv“, antwortete Sydney unerwartet heftig. „Aber das ist heute schon das zweite Mal, dass Sie mich des Mordes bezichtigen. Und ich hätte gedacht, Sie sollten sich etwas zurückhaltender verhalten, wenn Sie Ihren Standpunkt nicht besser vertreten können als heute Morgen.“

Das grelle Licht in Sydneys durchsichtigem Gesicht machte deutlich, dass alles keinen Deut mehr zählte: Leben, Tod, Liebe und Hass waren für sie alle gleich, und das war nichts. Belknap betrachtete sie mit gnadenlosen, gespitzten Augen und wandte sich wieder ihrem Mann zu. Er berührte mit einem leichten Zeigefinger das Puder auf Crawfords verrosteten Lippen.

„Gift ist meine Vermutung“, sagte er. „Wir werden bald herausfinden, woher es kommt. Sie sind zu nah dran, Miss Mdevani. Ich muss den Rest des Schlafmittels untersuchen, das Sie mir freundlicherweise angeboten haben. *Sofern* es sich noch in

Ihrem Besitz befindet. Hmmm! Nein, das tun Sie nicht, Dame – bleiben Sie, wo Sie sind.“

„Es tut mir leid, dass ich dich erschreckt habe“, Nadia zog sich zurück und sprach mit langsamer Gehässigkeit. „Ich dachte nur daran, Ihnen zu helfen. Du findest es im mittleren Fach meiner Handtasche.“ Mit ihren Augen deutete sie auf die Tasche auf der Kommode. "Bist du allein?" Sie hat hinzugefügt.

„Ganz allein, Miss Mdevani. Aber nicht für lange, das versichere ich Ihnen.“ Belknap ging zum Telefon: („Vermittlung, geben Sie mir 40. Danke. Polizeipräsidium? Geben Sie mir Sergeant Stebbins. Oh, sind Sie das, Stebbins? Sie sollten besser heraufkommen. Ihr Fang ist den Weg allen Fleisches gegangen – was in diesem Haus bedeutet, dass er ermordet wurde. Aber ich habe einen guten Ersatz. Also kommen Sie vorbei und helfen Sie mir. Gut.“) Er legte auf.

„Wo ist Mr. Berry?“, fragte Nadia.

„Forschungsarbeit leisten.“

„Ich würde ihn gern sehen, wenn ich dürfte.“

„Das sollten Sie? Warum? Ich bin der Meinung, dass ich ein besserer Beichtvater bin.“

„Da bin ich sicher. Ich bevorzuge einen Laien, das ist alles – auf lange Sicht ist es sicherer.“

Wie er ihren Custer-Stand bewunderte. Er wusste, wenn sie es nicht tat, war sie buchstäblich am Ende ihrer Kräfte. Er zweifelte nicht daran, dass ihre Tasche das Gift enthielt. Dieses Vergiftungsgeschäft war immer eine so riskante Angelegenheit. Er war überzeugt, dass sie es in der Aufregung versäumt hatte, den Inhalt der Flasche auszutauschen. Dennoch hat sie es mutig bis zum letzten Graben gemeistert. Es war ein tapferer Kampf, wenn man den Kampf eines Verbrechers als tapfer bezeichnen kann. Und da er sie bewunderte, wollte er sie mehr denn je. Seine Augen fesselten sie, während sie schlank und angespannt dastand, umrissen von dem Licht, das, von Crawford abgeschirmt, direkt auf sie fiel. Sie trug ein eng anliegendes Kleid in bittersüßem Rot. Es formte ihre schmalen Hüften und ihre schön nach vorne hängenden Schultern. Passend zum Kleid gab es Hausschuhe; Korallen in ihren Ohren; ein halbes Dutzend barbarischer Korallenarmbänder hoch oben an ihrem Arm; einen großen Blutsteinring an ihrem Zeigefinger. Sie schien weniger wild als vielmehr heidnisch zu sein, eine Nachfahrin von Attila. Es war tausendmal schade, dachte Belknap, dass sie auf diese schmutzige Weise gebrochen wurde: Gerichtshöfe, Schande und, wenn nicht der Tod, ein Gefängnis. Wie viel mehr Spaß macht es, sie selbst zu brechen, auf die Art und Weise eines Mannes. Aber jetzt war es zu spät. Die Karten waren gegen sie gerichtet und er brauchte sie nicht genug, um ihrem Beispiel in die Hölle zu folgen. Er holte tief Luft und ließ sie los.

„Das ist durchaus möglich. Sicherheit ist kein Begriff, den Sie und ich je benutzt haben."

„Kaum. Wir haben nie behauptet, füreinander etwas anderes als gefährlich zu sein. Und dies war kaum der richtige Moment, um die Hörner einzuziehen. Aber das sollte unsere Beziehung nicht zerstören, oder? Denn ich glaube, Sie waren es, der als Erster behauptete, mutig zu sein. Ich erinnere mich, Sie haben es ziemlich treffend ausgedrückt, als Sie es die Währung unseres Reiches nannten."

Wieder ihre Ironie, und er errötete.

„Ich fühlte mich geschmeichelt, meine Liebe, als du mich herausgefordert hast, dich bei einem Mord zu fangen." (Gott, dachte er bei sich, was für einen Griff hat mich diese Frau, dass ich hier stehen und streiten sollte, mit einer Leiche auf dem Bett zwischen uns!) „Ich fühle mich nicht mehr geschmeichelt. Vier ist ein viel zu einfaches Problem; vor allem, wenn man sich im vierten Akt ein Bein stellen lässt." Belknap öffnete ihre Tasche. Er hielt die kleine rote Flasche zum Nachdenken hoch. „Deine Ampel", sagte er mit seinem grausamen, schrägen Lächeln.

„Ihr Wortspiel, Sir, ist eines der entzückendsten Dinge an Ihnen. Ich sehe, dass es Sie auch unter schwierigen Umständen nicht im Stich lässt." Nadias Farbe war gestiegen. Dieses sprachliche Schwertspiel machte ihr großen Spaß. Belknap hasste sich dafür, dass er sich in diese Falle verwickeln ließ. Sie spielte auf Zeit. Was genau es ihr nützen würde, konnte er nicht erkennen. Aber der verstohlene halbe Blick, den sie zur Tür richtete, das verstohlene halbe Ohr, das sie auf das richtete, was draußen passieren könnte, bedeutete, dass sie auf eine Gelegenheit wartete. Und draußen passierte endlich etwas. Plötzlich wurde die Tür der unteren Halle wiederholt und heftig geöffnet und geschlossen. Es waren laute Stimmen zu hören, und jemand, der wütend und mürrisch war, behielt beharrlich die Oberhand. Auf der Treppe kam es zu einem Handgemenge. Belknap ging zur Tür und blieb mit dem Schlüssel in der Hand stehen. Er blickte schnell auf Sydneys ruhige Gestalt, die zusammengerollt zu Crawfords Füßen lag – sie war irgendwann während des Gesprächs in einen tiefen Schlaf oder vielleicht auch in Ohnmacht gefallen; Wie wenig Aufmerksamkeit hatte man ihr geschenkt! – und dann zurück zu Nadia.

„Schnell, Liebste“, flüsterte er, „geh zum Fenster! Verzeih mir, das ist das Beste, was ich tun kann.“ Er war überrascht über seine eigenen Worte. Aber ihr schauderndes Zittern bei der Annäherung der anderen war der letzte Tropfen gewesen, der das Fass zum Überlaufen brachte. Er konnte nicht mit ihr gehen, aber er konnte sie gehen lassen.

„Danke“, antwortete sie sanft. „Ich laufe nicht weg. Ich bin nie weggelaufen, auch nicht, wenn ich Schuldgefühle hatte. Ist es wahrscheinlich, dass ich es jetzt versuchen sollte?“

Ohne zu antworten, drehte er mit einer wütenden Armbewegung den Schlüssel im Schloss und riss die Tür weit auf.

„Kommen Sie rein, Stebbins. Sie auch, Berry. Ich will einen von Ihnen. Und Miss Mdevani, soviel ich weiß, will den anderen.“

„Das tue ich, Mr. Berry.“ Nadia trat vor und blieb neben ihm stehen. „Hiermit unterwerfe ich mich ganz Ihrer Obhut. Ob ich in all dem, was mir vorgeworfen wird, schuldig oder unschuldig bin, muss noch festgestellt werden. Bis das geklärt ist, bin ich zuversichtlich, dass Sie mir gegenüber fair bleiben werden. Mr. Belknap ist sich meiner Schuld, wie ich leider sagen muss, nun ebenso sicher, wie er vor kurzem noch von meiner Unschuld behauptete. Solche wechselhaften Winde können für jemanden in meiner heiklen Lage nur schlechte Winde sein.“

„Cool und trickreich!“, dachte Berry und musterte den Raum fragend. „Was für ein perfekt formulierter Appell. Kein Mann könnte ihm widerstehen.“ Laut sagte er: „Ich verspreche, dass Sie jede Aufmerksamkeit erhalten werden, die die Umstände rechtfertigen.“ Und zu Belknap: „Ich sehe, wir *haben* sie zu lange allein gelassen. Die Zahl steigt! Aber ich nehme an, wir sind am Ende der Spur angelangt. Meine Glückwünsche. Ich *dachte*, Sie würden rüberkommen, und ich bin aufrichtig froh –“

Die Unruhe auf der Treppe hatte zugenommen und drängte sich nun plötzlich auf. Julian Prentice befand sich im Mittelpunkt – blass, zerzaust, die Krawatte verdreht, die Haare hochgesteckt, kämpfte Julian fieberhaft mit einem wahren Regiment von Polizisten. Seine Häscher waren so sehr auf ihre Beute und seine

Zurückhaltung bedacht, dass ein Dutzend Morde nötig gewesen wären, um ihre Konzentration zu erschüttern; Das ist die Charakterstärke der Macht! Trotz allem, sogar seiner eigenen Natur, musste Belknap lächeln.

„Wer ist das, was du da hast? Ich dachte, das Mindeste, was Sie tun könnten, wäre, Milton Dorn hinzuzuziehen. Was hat Prentice getan, um deinen gerechten Zorn so zu erregen?“

„Ich versuche zu fliehen, Sir. Er ist mit seinem Auto direkt vom Gelände weggefahren. Wir hatten eine Verfolgungsjagd, Sir! Er schaffte es im Nebel auf siebzig. Es war so gut wie Selbstmord, Sir.“

„Ein Urteil wegen Selbstmords wäre eine Erleichterung. Kommt, kommt, Jungs, Hände weg. Merkt ihr nicht, dass ihr ihn stört? Wohin wolltet ihr, Prentice, zum Times Square?“

Julian, der endlich frei dastand, wandte seinen Blick geistesabwesend von der lebhaften, trotzigen Gestalt Nadia Mdevanis zu Silas Berry, der wie ein Kritiker hinter der Bühne dastand, zu Ordway Belknap, der mit den ihm zur Verfügung stehenden Puppen wie ein General aussah, zu Sydney Crawford, der zusammengekrümmt und in verzweifelt erbärmlichem Zustand zu Füßen der reglosen Gestalt auf dem Bett lag, und plötzlich zitterte er unkontrolliert von Kopf bis Fuß.

„Wo ist Joel?“, rief er mit hoher, durchdringender Stimme, die den Raum erstarren ließ.

XXII

Von diesem Moment an herrschte in Thorngate, im Haus und auf dem Grundstück, heilloses Chaos.

Als sich herausstellte, dass Joel Lacey tatsächlich zu den Vermissten gehörte und zuletzt auf der Couch in der Bibliothek schlafend gesehen worden war, war es klar, dass das erste, was getan werden musste, darin bestand, einen Suchtrupp einzusetzen. Aufgrund der zahllosen Rekruten wurden drei Gruppen gebildet – zwei für die freie Natur und eine für die Schiebetüren und die geheimen Dachböden. Wie die Polizisten, stöhnte Belknap, aus den Ecken gehuscht kamen, wie die Hamlin-Ratten zur Pfeife des Pfeifers, bei der Nachricht von einer sicheren und vernünftigen Jagd, wenn nie einer von ihnen unter den Füßen war, wenn er gebraucht wurde, um einen Mord zu verhindern, gemacht einer positiv krank. Nicht, dass die Jagd nicht wichtig gewesen wäre. Aber die bloße Chance, Joel Lacey *zu finden*, geschweige denn, sie lebend zu finden, schien angesichts der Schwere der früheren Verbrechen so gering.

Mittendrin, hinter und vor, rechts und links, erschien Julian. Julian schloss sich zuerst einem Suchtrupp an, dann einem anderen, drängte, flehte, fluchte, beschwichtigte, tauchte in einen Schrank oder unter einen Busch, je nachdem. Julian war in jeder Hinsicht. Julian war bei sechs und sieben. Julian war durchgedreht. Durch den Verlust von Joel schien Julian alles an Wert eingebüßt zu haben, was er in letzter Zeit besessen hatte: seine jungenhafte Philosophie, so wie sie war; sein Sinn für Humor, der nicht schlecht gewesen war; sein freundlicher, unbedeutender Witz, der während der letzten Unannehmlichkeiten eher dazu gedient hatte, den Haushalt auszugleichen. Diese hatten sich in Luft aufgelöst. Stattdessen war hier ein hektischer, unvernünftiger, hysterischer, lästiger junger Mann, der wie ein verwöhntes Kind allen auf den Fersen war, sich hartnäckig weigerte, auch nur einigermaßen standhaft zu bleiben, und wilde und empörende Anschuldigungen wie Konfetti um sich schleuderte. Niemand konnte sich seiner Wut oder seinem Misstrauen entziehen. Sogar sein Idol Berry nahm eine Schimpferei in Kauf, die unter normalen Umständen unverzeihlich gewesen wäre. Aber als Julian am Ende seiner Rede in Tränen ausbrach, ließ Berry damit Schluss sein.

Julian sagte, niemand habe *versucht*, Joel zu finden; er sagte, Nadia Mdevani habe Joel in den Öfen eingeäschert und sie müssten die

Asche nach ihren Knochen sieben; er sagte, dass Milton Dorn sie in unaussprechlichem Ausmaß in einem gottverlassenen Loch in der Wand ermordete, wo man ihre Schreie niemals hören würde; dass Belknap, Berry und Stebbins sie in eine Kammer der Inquisition entführt hatten, wo ihre Schergen eine Aussage von ihr folterten. Er sagte, die gesamte Untersuchung sei von A bis Z dumm gehandhabt worden (er sagte es sehr laut und deutlich und beschönigte es mit bösen Worten); dass viele hilflose und unschuldige Menschen in einem Haus festgehalten wurden, das eine chronische Neigung zum Morden hatte, wo sie einer nach dem anderen wie Schafe von Wölfen gejagt wurden; dass sich Thorngate als nicht besser als eine Insel von Dr. Moreau erwies, nur schlimmer, weil mit Menschen statt mit Kaninchen experimentiert wurde; er sagte-

Aber das ging zu weit, als der gequälte Belknap es ertragen konnte. Er schob Julian sanft, aber bestimmt aus dem Ostzimmer in die Halle und sagte, als er die Tür hinter ihm schloss:

„Geh, Prentice. Es tut mir leid. Wir tun, was wir können und unser Bestes. Ich habe sogar wieder Kontakt mit dem Hauptquartier aufgenommen und sie gebeten, ein oder zwei zusätzliche Männer zu schicken. Ich gebe zu, die Lage ist verdammt dicht, aber du reduzierst sie nicht. Also hau ab.“

Und Belknap machte sich wieder auf den Weg, um zusammen mit Berry und Stebbins das hitzige Verhör von Nadia Mdevani fortzusetzen, mit dem sie hofften, sie durch ihr eigenes Geständnis zur Strecke zu bringen und so den juristischen Papierkram zu räumen und ihren Weg zu beschleunigen und zu vereinfachen, der, so wie man es betrachtete, nur ins Grab führte. Denn ob zugegeben oder nicht, das Leugnen konnte nicht länger gegen einen versiegelten Befehl bestehen, Blake zu töten, eine Waffe, die am Tatort von Whittakers Mord zurückgelassen worden war, und ein vergiftetes Schlafmittel, das Crawford verabreicht worden war. Bei letzterem hatte Belknap in einem kurzen Vortest nachgewiesen, dass es sich um Arsenoxid handelte, jedenfalls Arsen in einer seiner Formen.

Sie hatten notgedrungen alle Versuche, Sydney Crawford anzugreifen, schnell aufgegeben. Nicht, dass sie über jeden Verdacht erhaben gewesen wäre, kaum das (Stebbins hatte es sogar auf sich genommen, sie ohne weiteres festzunehmen), aber Sydney, die von einer Phase übermäßigen Schocks in die nächste überging, wanderte jetzt wie eine moderne Ophelia durch das

Haus, modern insofern, als nichts, was sie sagte, auch nur die geringste Ähnlichkeit mit dem Monolog ihrer Vorgängerin hatte. Mit harter, schriller Stimme sagte sie grausame, bittere, schreckliche Dinge zu den Wänden und Decken: „Ich rufe Victor an und sage ihm, dass sein Daddy gestorben ist. Er wird sich sein Leben lang daran erinnern, wenn man ihn aus dem Bett holt, um es ihm zu sagen." „Die Stelle, an der man einen Mann mit einem Brieföffner erstechen sollte, ist zwischen dem vierten und fünften Wirbel, ich meine Rippen. *Das habe ich* herausgefunden." „Also, Romany, wenn es stimmt, dass die ersten beiden eines Dreiecks, die sterben, das Paar im Himmel bilden, solltest *du dir* jetzt Sorgen machen. Du hast ihn." Solange sie ihre Meinung nicht ein wenig änderte, hatte es keinen Sinn, sich mit ihr abzugeben, denn Fragen oder Druck konnten sie noch weiter an die Grenze des Wahnsinns treiben.

Im Fall von Nadia Mdevani bestand keine Gefahr des Wahnsinns! Aber anscheinend auch keine Gefahr, Genugtuung von ihr zu erhalten. Ein Geständnis von ihr zu wollen, war eine Sache – auch nur ein Minimum davon zu erhalten, eine andere. Nadia saß schlaff, fast unbekümmert in einem tiefen Sessel vor dem Feuer im East Room, und ohne den Blick von der verwirrten Betrachtung der Flammen zu erheben, weigerte sie sich, ihren Peinigern auch nur einen Hauch von Vorteil zu überlassen. Sie hatten dieselbe Strecke mit ihr zurückgelegt wie am Morgen, aber obwohl ihre drei Prüfer dieselben Namen trugen wie damals, waren sie drei Männer mit unterschiedlicher Einstellung und unterschiedlichem Temperament. Jeder von ihnen machte sich insgeheim Vorwürfe für eine frühere männliche gegenüber einer weiblichen Zärtlichkeit, die vielleicht für die zusätzliche Aufregung verantwortlich war, in der sie sich jetzt befanden, und war nun ernsthaft auf Blut aus, ob sie nun schön waren oder nicht. Es ärgerte sie, dass sie keinen Unterschied zu bemerken schien. Genauso gefasst und kühl wie während der morgendlichen Sitzung auf dem Zeugenstand, wehrte sie ihre individuellen und konzertierten Angriffe ab.

Ja, sie hatte den Befehl bezüglich Colonel Blake erhalten. Nein, sie konnte nicht sagen, wann und von wem. Das mussten sie herausfinden – *wenn* sie konnten. Ja, sie hatte es zu Mr. Belknap gebracht. Warum? Sie wusste es nicht genau; ein Impuls. Vielleicht eine clevere Möglichkeit, die Intimität zwischen ihnen zu fördern! Hier warf sie ein kleines, skurriles Lächeln in Belknaps Richtung. Wenn er es sah, gab er kein Zeichen. Sie sagte, sie wolle

ihm sagen, dass sie den Befehlen nicht Folge geleistet habe —
obwohl Blake in diesem Moment tot auf dem Boden der
Bibliothek lag. Sie hatte vorgehabt, ihn um seinen Schutz zu
bitten, den Schutz, den ein Mann des Gesetzes und der
Gerechtigkeit, der Macht und des Respekts einer Frau mit
zweifelhaften Vorfahren gewähren kann. Der Sarkasmus, wenn
überhaupt, war sehr gering.

Was *hatte* sie in den Stunden vor der Beratung mit Mr. Belknap
gemacht? Oh mein Gott, ihr müder Ton beim Erzählen und
Nacherzählen deutete an, was für eine zweimal und dreimal
erzählte Geschichte, die man wiederholen musste. Sie war in ihr
Zimmer gegangen und war unruhig. Natürlich; Niemand sonst
hatte letzte Nacht behauptet, alles andere *als* unruhig zu sein, und
sie würde nicht behaupten, eine Ausnahme von der Regel zu sein.
Sie hatte ein wenig gelesen und sich dann ein wenig auf
Erkundungstour begeben — na ja, *nennen wir* es Streifzug. Welchen
Unterschied hat es gemacht? Sie war darauf aufmerksam gemacht
worden, dass Bertrand Whittaker einen Besuch abstattete, wenn
man seine Abwesenheit aus seinem eigenen Zimmer und seine
Stimme in Romanys zusammenzählte. Und man kann nicht sagen,
dass sie dadurch weniger verärgert war. Nicht, dass sie ihn als
einen Ihrer Märchenbuchliebhaber bezeichnet hätte ; Aber an
diesem Abend brauchte sie ihn als ihren besten Freund für sich
selbst. Ihr neues Misstrauen ihm gegenüber, eine Mischung aus
Wut, Respektlosigkeit und Angst, das aus seinem Katz-und-
Maus-Spiel mit seinem Tagebuch entstand, ließ ihr Blut fast bis
zur tödlichen Hitze steigen. Romanes war eher der letzte Tropfen,
der das Fass zum Überlaufen brachte. Sie war in ihr Zimmer
zurückgekehrt, um ihren Colt zu holen, und stellte fest, dass er
aus der Kommode verschwunden war; und war
hinuntergegangen, um etwas zu trinken, um ihr Gleichgewicht
wiederherzustellen. Wieder ihr Lächeln. Da bemerkte sie das
Nagen einer Ratte in der Täfelung — einer hartnäckigen Ratte, Mr.
Belknap; eine zielstrebige Ratte; man hat die Absicht,
irgendwohin zu gehen. Sie hatte ihn sich durcharbeiten lassen und
einen langen Abkühlungsspaziergang gemacht, hinunter zum
Wasser und zurück. Was für eine Nacht! Was für ein Mond!

Als sie über die niedrigen Fensterbänke in die Bibliothek trat und
den dunklen Raum zu der Tür durchquerte, die nur schwach vom
Licht des Flurs verdeckt wurde, stieß ihr Fuß auf etwas Weiches
und Buckliges. Mit ihrem siebten Sinn, der einem in solchen
Momenten zu Hilfe kommt, erkannte sie, dass es sich um einen

Körper handelte. Sie hatte eine eigene Taschenlampe dabei. Als sie sie anmachte, entdeckte sie Blake. Die Nachricht, die sie erhalten hatte, war in roten Buchstaben aufleuchtet. Sie war kurz davor, sie zu vernichten, als ihr schelmisch der Gedanke „Belknap" kam! Es war Mrs. Crawford, die ihr aufregendes Tête-à-Tête unterbrochen hatte.

Romany? Das erste Mal, dass sie Romany gestern Abend gesehen hatte, war heute Morgen, als sie zusammen mit den anderen ihre Leiche gesehen hatte. Nein, es war nicht Romany, die sie aus Eifersucht getötet hätte – wenn man es Eifersucht nennen wollte –, sondern Whittaker. *Ein weiterer* Grund, Whittaker zu töten, den sie nicht getötet hatte. Nicht einmal in seinem Fall war sie schuldig, so sehr sie es auch beabsichtigt hatte. Jemand war ihr zuvorgekommen. Jemand, der ihr die Waffe mit einem Schuss aus der Waffe platziert hatte – und beim Benutzen einer anderen Waffe das Pech hatte, zweimal schießen zu müssen, um das Opfer kalt zu machen.

Die drei Männer tauschten Blicke, die unverkennbare Überraschung und Schock ausdrückten. Dies war eine neue Aussage von Nadia, wenn auch nicht ganz neu, und eine völlig neue Erklärung dafür. Aber Nadia ließ nicht einmal durch eine Bewegung ihres Fingers erkennen, dass sie die Bedeutung dessen erkannte, was sie gerade fallen gelassen hatte.

„Zwei Schüsse!", sagte Berry.

„Ich sagte zwei Schüsse."

„Sie stimmen mit Prentice überein?"

"Ich tue."

„Warum hast du das nicht früher gesagt?"

„Ich hatte meine Gründe."

„Du wusstest etwas?"

„Wenn Sie es so ausdrücken möchten."

„Sie hatten einen Verdacht und Angst?"

„Ich habe es vermutet. Ich hatte keine Angst."

„Ihre Erklärung der beiden Schüsse – ob wahr oder falsch – ist erstaunlich klug." Belknap war zutiefst respektvoll.

"Danke schön."

unterbrach Stebbins wütend.

„Und was ist mit Ihrem Amatol, das sich als Arsen herausgestellt hat? Haben Sie einen cleveren Ausweg, Lady?“

„Ich brauche es nicht – und würde es auch nicht nehmen, wenn ich es täte. Es ist selbsterklärend. Oh, ihr Detectives!“ Nadia warf den Kopf zurück und lachte plötzlich, schwach, gebrochen. „Wenn Sie mich wegen des Mordes an Crawford in die Ewigkeit schicken wollen, können Sie das gerne tun, damit ich mit dem Teufel in der Hölle zum letzten Mal über Sie lachen kann. Er würde es verstehen.“

Sie bedeckte ihr Gesicht mit ihren Händen. Es war unmöglich, sicher zu sein, ob sie noch lachte oder weinte.

„Verschwindet von hier, ihr zwei“, sagte Berry leise zu Belknap und Stebbins. „Ich möchte allein mit Miss Mdevani sprechen.“ Er trieb sie kurzerhand zur Tür.

„Wir gehen ihr unter die Haut“, fügte er leise hinzu. „Ich denke, mit ein oder zwei zusätzlichen Hinweisen, die ich vermitteln kann (denken Sie daran, sie ist nicht neu für mich), werden wir sie im Handumdrehen dort haben, wo wir sie haben wollen.“

Er schloss vorsichtig die Tür und kehrte zu Nadia zurück.

XXIII

Es war eine besiegte Nadia Mdevani, die aus einem längeren Interview mit Leutnant Berry hervorging. Wenn sie vorher erschöpft und besorgt aussah, war ihr Wille zumindest unbezwingbar geblieben. Auch wenn ihre Stimme nachgelassen hatte, ihre Augen die Herausforderung verloren hatten, war es ihr dennoch immer gelungen, den Eindruck unantastbarer Macht zu vermitteln. Nun hatte sie allem Anschein nach alles aufgegeben und kam, ihre Waffe an der Klinge tragend und über ihren Unterarm gelegt, damit der Sieger den Griff annehmen konnte. Ihr Gesicht war eingefallen; ihre unauslöschliche Farbe erlosch; ihre Füße hoben sich kaum; Sie verdrehte ihre gefalteten Hände, als wären sie gefesselt. Als sie sprach, klang es mit einer Stimme, die nicht ihre eigene war, einer Stimme, in der die Verzweiflung die Müdigkeit sogar übertroffen hatte.

„Sehr gut, Mr. Berry", sagte sie. „Ich verstehe das vollkommen. Ich werde keinen Fluchtversuch unternehmen, das schwöre ich. Ich bin nicht der Typ dafür. Wenn ich im fairen Spiel geschlagen werde, tanze ich genauso gern nach der Musik, wie wenn ich gewinne und die Melodie fröhlicher ist. Ich bitte nur um einen Gefallen, bevor ich mit Ihnen gehe. Kann ich ein paar Worte unter vier Augen mit Mr. Belknap wechseln? Das heißt, wenn er sich herablässt, ein paar Worte mit mir zu wechseln. Er kann mich sogar der Demütigung aussetzen, nach versteckten Schusswaffen zu suchen, wenn er das wünscht." Bei den letzten Worten flackerte ein Anflug der alten Nadia auf, als sie zu Belknap aufblickte.

Belknap und Berry tauschten Blicke, und Berry nickte schwach zustimmend. Das entging Nadia nicht. Sie lächelte schwach.

„Danke, Herr Berry. Ich werde Ihre Befehle nicht übertreten, bei meiner Ehre." Mit einem kleinen, charakteristischen Schulterzucken bedeutete sie Belknap, ihr zu folgen. Sie führte ihn in die Bibliothek, schloss die Tür und lehnte sich dagegen, als hätte sie die äußerste Grenze ihrer Ausdauer erreicht. Ihre herabhängende Gestalt, ihr zerschmettertes Gesicht berührten Belknap so sehr mit ihrer völligen Resignation, dass sie schon gesprochen hatte, bevor er sich zum Sprechen trauen konnte.

„Die Kammer des Schreckens", murmelte sie mit einem schwachen Zucken in ihren traurigen Mundwinkeln. „Haben Sie etwas dagegen, mich hier zu sehen? Hier trafen wir uns wirklich zum ersten Mal. Erinnern Sie sich an die letzte Nacht, an die Dinge, die wir gesagt haben, und an die Dinge, die wir ungesagt gelassen haben? Lasst uns heute Abend nichts ungesagt lassen. Oh, es tut mir leid, so erbärmlich und so offensichtlich zu sein." Sie hob den Blick halb zu ihm und ließ ihn wieder sinken, aber er hatte einen flüchtigen Blick auf den Stolz darin, der darum kämpfte, ein Gefühl zu beherrschen, das er nicht zu benennen wagte.

„Entschuldige dich nicht", sagte er barsch. „Was hat er dir angetan? Ich bringe den Bastard um."

„Oh, meine Liebe, was hat er nicht alles getan! Aber das ist egal. Ich muss Ihnen nichts davon erzählen, Sie können selbst sehen, was aus mir geworden ist. Ich schäme mich. Ich hatte so fest vorgehabt, unterzugehen, wenn es denn sein musste, mit hochgehaltenen Fahnen – und leugnete, leugnete, leugnete – und hier stehe ich und gestehe nicht nur Morde, sondern auch Morde, die ich nie begangen habe. Welch eine Ironie, welch bittere Ironie!"

„Du hast gestanden?", rief er leise, nahm ihre Arme in seine Hände und zog sie ohne Widerstand ins Zimmer. Er zog sie ans Licht, wo er ihr Gesicht sehen konnte. „Nadia, sag mir, dass das nicht wahr ist."

„Es ist wahr. In solchen Angelegenheiten kommt der Zeitpunkt, an dem es leichter ist, etwas zuzugeben als zu leugnen, oder vielmehr, an dem man gegenüber den Folgen von Schuld nachlässig und gefühllos wird. Kann jemand diesen verdammten jungen Kerl davon abhalten, sich da draußen das Herz zu brechen? Ich *kann ihm nicht* sagen, wo seine Freundin ist, weil ich es nicht weiß, ich weiß es nicht, ich weiß es nicht", schrie sie; aber der Schrei war vor lauter Erschöpfung kaum mehr als ein Flüstern.

„Ruhig, Liebling! Lass dich nicht von ihm beunruhigen. Er hat seinen Kopf auf eine zu schreckliche Weise verloren. Und du darfst nicht gestehen, du *darfst nicht*, hörst du? Selbst wenn du sie alle umgebracht hast, gib es nicht zu – *niemals*."

"Was kann ich sonst noch tun? Du hast mich in so vielen Punkten. Es hat keinen Sinn, sich ewig gegen Indizienbeweise zu wehren – selbst wenn es sich um gefälschte Beweise handelt, wie es hier der Fall ist. Ich konnte es nie beweisen. Und so wie ich es jetzt empfinde, ist es umso besser, je früher die Dinge vorbei sind.

Ich bin müde, müde. Ich schließe mich schnell dem Zustand von Mrs. Crawford in ihrem Zustand der Distanziertheit und Ernüchterung an. Wie gut sie sich jetzt benimmt, keine Spur von Agonie oder Hysterie; nicht, weil sie es sich ausgedacht hat, es ist für sie keine Philosophie, sondern weil sie gestorben und am Leben geblieben ist. Es hinterlässt eine fröhliche Lässigkeit. Nun ja, abgesehen von einer Bemerkung, die mir immer wieder wahnsinnig wehtut, verspreche ich dir, dass ich ohne zu zittern auf den Stuhl gehen kann." Seine Hände hielten sie immer noch fest und umklammerten unabsichtlich ihre Arme. Sie sah auf sie herab. „ *Du* tust mir ziemlich weh", sagte sie sanft.

„Es tut mir leid." Er lockerte seinen Griff, ließ sie aber nicht los. „Sag mir, was ist das für ein Schmerz?" Er wusste es, aber er wollte es hören. Sie zitterten beide.

„Ich kann es nicht sagen."

„Ja, das kannst du. Es sollte nichts mehr geben, was du und ich uns nicht sagen können, wie du sagst. Wir haben zu viel durchgemacht, wir haben zu viel gesehen, als dass wir jemals wieder zulassen könnten, dass uns Stolz in die Quere kommt. Und du kannst dich bis ans Ende der Welt auf mich verlassen. Ich werde nie zulassen, dass sie dich beunruhigen – nie, nie, nie."

„Als ob ich nicht verzweifelt gewesen wäre!"

„Ich weiß. Und ich war einer der Schlimmsten. Es tut mir so furchtbar leid."

" *Nicht.* "

„Was nicht?"

„Du weißt es." Sie hob endlich fest den Blick, um ihm in die Augen zu sehen, und er sah die Tiefen ihres Leidens.

„Sag es mir", beharrte er.

"Ich liebe dich."

"Sage es noch einmal."

"Ich liebe dich."

Plötzlich klammerten sie sich aneinander. Und die ganze Zeit drehte sich sein Geist gegen sich selbst. Wie in Gottes Namen konnte ihm zu seiner Lebenszeit eine Frau so etwas antun! Vielleicht betrügte sie ihn sogar jetzt, um einen Ausweg für sich selbst zu finden. Aber er spürte, wie sie an ihm zitterte, spürte ihre

Lippen und wusste, dass das nicht stimmte. Denn zusammen mit ihrer Liebe zu ihm spürte er eine überwältigende Verzweiflung in ihr, die ihm Angst machte – als ob sie fest entschlossen wäre, ihr verrücktes Geständnis durchzuziehen. Es war verrückt, etwas zugegeben zu haben! Es würde seine Bemühungen, sie zu retten, fast aussichtslos machen.

„Das dürfen wir nicht", sagte er mit heiserer Stimme, versuchte sie auf Abstand zu halten und hielt sie nur fester. „Wir müssen an andere Dinge denken. Es ist verzweifelt. Sie warten auf uns. Als Erstes müssen Sie alles zurücknehmen, was Sie gesagt haben, und wir werden versuchen, Sie vor Gericht freizusprechen. Wenn das nicht klappt, werden wir abhauen – nach Timbuktu oder an die Goldküste, das ist mir egal. Ich bin des Spiels genauso müde wie Sie."

„Nein – nein – nein", protestierte sie. „Das werde ich niemals zulassen. Oh mein Lieber, ich wollte dir nicht sagen, wie sehr es mir am Herzen liegt. Wirklich, das habe ich nicht getan. Ich wollte mich nur von dir verabschieden. Das konnte ich mir nicht verkneifen. Ich verstehe nicht, wie das andere passiert ist. Ich nehme an, weil es uns beiden wichtig war. Ich hatte keine Ahnung, dass du das weißt. In mancher Hinsicht waren Sie zwar rücksichtsvoll, aber nicht wirklich freundlich. Aber jetzt sehe ich, was es für dich bedeutet hat. Du hast ebenso wie ich dagegen gekämpft. Wie grausam es ist, das im Moment der Trennung zu wissen. Denn es *ist* ein Abschied. Es kann für keinen von uns etwas anderes sein. Bitte, nein – küss mich nicht, nicht, nicht. Ich kann es nicht ertragen."

"Sei ruhig. Wir werden dich befreien, liebes Herz. Du musst mutig sein, das ist alles; und hilf mir."

"NEIN. Ich werde nicht zulassen, dass du *versuchst,* mich loszuwerden. Wir müssen jetzt an Sie denken. Ich nicht mehr. Ich mache mir keine Sorgen mehr. Ich hätte nie gedacht, dass ich den Früchten meiner Sünden so lange entkommen könnte. Dass ich unschuldig sterbe, ist eine seltsame Wendung des Schicksals, mehr nicht. Ich wäre innerhalb eines Monats – eines Jahres – wirklich schuldig an irgendetwas gestorben. Wer weiß? Und ich habe einen guten Kampf geführt, wie es in dieser Welt so ist. Ich bin gerade dazu gekommen, mich zu ergeben. Ich bin fertig. Also heißt es: Lebe wohl, mein Lieber, für immer und ewig, statt – sie lebten –." Ihre Stimme brach.

" *Hör auf*!" Er schüttelte sie heftig. „Reiß dich zusammen, Nadia. Um Gottes willen, stehen Sie nicht hier und reden Sie sentimentalen Unsinn. Was wir tun müssen, ist *zu planen* . Der Feind ist vor dieser Tür; Kannst du das nicht erkennen? Wir müssen all unseren Verstand aufbringen, um sie abzuwehren. Was hast du zugegeben? Erzähl es mir."

"Alles. Jeder Mord. Welchen Sinn hatte es, um ein oder zwei zusätzliche Exemplare zu feilschen? Und außerdem bleibe ich dabei, Liebling.“ Sie holte tief Luft. „Es ist die einzige Lösung. Glauben Sie mir, das ist es. Nichts in der weiten Welt, einschließlich des zwanzigfachen Todes, könnte mich dazu bringen, dich deinen wilden Plan für uns ausführen zu lassen. Meine Liebe, du bist ein großartiger Mann, ein starker, ein geschätzter Mann. Ich bin ein elender kleiner Verbrecher — schlau, ja, aber trotzdem elend. Glaubst du, wenn ich dich so verehre und verehre, wie ich es tue, könnte ich davon träumen, dich meinetwegen völlig ruinieren zu lassen? Daran ist nicht zu denken.“

Nadia trat zurück und hob ihr Gesicht zu seinem. Ihre Augen waren weit geöffnet, klar, anbetend und für ihn der Spiegel der Liebe und Integrität. Dann, als sie ihn ansah, stiegen ihr die Tränen in die Augen, die ersten, die er je hatte vergießen sehen, und er hatte geglaubt, sie sei unfähig zu weinen, und liefen leise über ihre Wangen.

„Ich liebe dich, verstehst du das nicht? Verstehst du nicht, was Liebe bedeutet? Ich konnte nicht zulassen, dass du dir für mich weh tust. Allein die Tatsache, dass ich dich liebe, macht es absolut zwingend, dass ich niemals ein Wort zurückziehe, das ich ihnen gesagt habe. Denn mein Geständnis erspart mir Gefahren und hält so auch die Versuchung von eurem fern.“ Ihr kleines Lächeln kam, jetzt zärtlich.

Belknap ging ruhelos von ihr weg und zurück.

„Nadia“, sagte er langsam, „ich habe dir Dinge zu sagen, die ich nie sagen wollte. Aber ich sehe, ich muss ehrlich zu dir sein, um dich zur Besinnung zu bringen. Wenn wir uns füreinander retten wollen, muss man in einen Kampf verwickelt werden. Was ist doch das Einzige, was noch zählt – dass wir einander haben, nicht wahr?“

„Das ist es“, flüsterte sie atemlos, eine Hand an ihrer Kehle.

„Dann wirst du aus diesem Grund und aus einem anderen, fast ebenso wichtigen Grund verstehen und verzeihen, dass du nicht besser bist als ich. „Wir sind wie Gleichgesinnte und können einander richtig wertschätzen", fügte er mit einem grimmigen Lachen hinzu.

"Wie meinst du das?"

„Ich meine, wir sind gleichermaßen Kriminelle, Nadia. In diesem Fall bin ich zufällig die schlimmere von beiden. Ich habe seit vier Uhr heute Morgen fünf Menschen getötet (das heißt, wenn Joel Lacey schon tot ist). Ziemlich rekordverdächtig, nicht wahr? Wissen Sie, es gab Zeiten, in denen ich sicher war, dass Sie es erraten haben, *mehr* als nur erraten. Und obendrein habe ich Sie dazu gebracht, die ganze Sache zu gestehen, die ebenfalls geplant war. *Ich* habe Ihnen diese Indizien untergeschoben, Liebes. Haben Sie das nicht begriffen? Ich war fest entschlossen, Sie mit Ihren eigenen Waffen zu schlagen. Gott, was habe ich daraus gemacht! Eine meiner besten. Und jetzt wird es von einer dürftigen Frau zerstört. Nicht, dass es das nicht wert wäre, – Nadia, sehen Sie *mich nicht* so an. Sie sehen mich *nicht* an. Was *wollen* Sie –"

Die Esszimmertür hinter Belknap stand einen Zentimeter offen. Es wurde nun aufgerissen und Stebbins und Berry rückten auf Belknap zu.

"Hände hoch!" Stebbins donnerte.

„Hände hoch, Belknap", sagte Berry. „Vielen Dank, Miss Mdevani. Das ist großartig gemacht. Du hast gehandelt –"

Berry hätte sich seine Glückwünsche aufsparen sollen. Als Belknap seine Hände hob, zog er seine Pistole aus dem Schulterhalfter, und obwohl er nie die zusätzliche Sekunde gehabt hätte, seine Entführer anzugreifen, hatte er doch den Bruchteil einer Sekunde, um direkt vor sich zu schießen. Der Schuss seines Polizeirevolvers vom Kaliber 38 war ohrenbetäubend. Nadia, der direkt durch die Brust geschossen wurde, legte ihre beiden Hände dorthin, wo die Kugel eingedrungen war, und fiel lautlos in einem ungleichmäßigen Haufen vor Belknaps Füße.

XXIV

Das Spiel war vorbei. Fast in dem Moment, in dem der Schuss abgefeuert wurde, schlug Berry Belknaps Hand nieder und entriss ihm die Waffe. Von Belknaps Seite gab es keinen Anflug von Widerstand. Hätte Stebbins seinen Willen durchgesetzt, hätte es auch keine Chance gegeben. Denn der Sergeant war ein Opfer impulsiver Wutanfälle und schnell am Abzug. Hätte Berry beim Angriff auf Belknap nicht einen starken Arm für Stebbins gehabt, wäre Belknap neben Nadia Mdevani ins Abseits gerückt.

"NEIN!" Berry weinte scharf. "Nicht auf diese Art und Weise. Schießen ist zu gut für ihn. Und wir wollen das Rauschgift."

Stebbins kühlten wie Kupferdraht genauso schnell ab, wie er sich erwärmt hatte.

„Es tut mir leid", knurrte er. „Es ist nur kaltblütiger Mord, eine Frau so niederzuschießen."

Berry musste lachen.

„Nicht sein erstes Mal, Sergeant. Sie sollten daran gewöhnt sein. Kommen Sie, helfen Sie mit."

Sie fesselten Belknap fest. Kein Spiel mit dem Feuer mehr. Und eine schnelle Leibesvisitation von Kopf bis Fuß brachte mehrere belastende Handelsgegenstände zum Vorschein: Whittakers Tagebuch in einer Innentasche; mehrere Giftsorten in ordentlich beschrifteten Pillendosen; ein Paar Wildlederhandschuhe; ein sehr exquisiter 15 cm langer Dolch mit einem eingelegten Griff aus Silber und Lapislazuli; ein Set zum Entwerfen und Herstellen von Schlüsseln; ein wahres Arsenal an sechs Revolvern; ein raffiniert konstruiertes Kombinationswerkzeug, das in seinen verschiedenen Verwandlungen zu einem Schraubenzieher, einem Hammer, einem Bohrer mit Bohrer, einer Säge und Gott weiß was noch wurde.

„Übrigens", rief Berry plötzlich, während er die Artikel in einer ordentlichen Reihe auf dem Diwantisch anordnete, „wo ist Joel Lacey?"

„Oh ja, natürlich", murmelte Belknap leise, kühl und als wollte er Berry für seine erhobene Stimme tadeln. „Du *würdest* es wissen wollen. Nun, tot oder lebendig, Sie werden sie in dem Tresor da drüben finden. Sozusagen die obere linke Schublade! Wenn Sie die Kombination jemals gekannt haben, ist sie jetzt nicht mehr dieselbe. Ich habe es geändert."

„Wohin?" Berry weinte verzweifelt von dort, wo er bereits neben der großen Tür von Whittakers Wandsafe stand. "Schnell!"

„9031."

Berry fummelte dumm an den Schlössern herum. Die schreckliche Geschwindigkeit der Ereignisse in den letzten Stunden, zusammen mit der aufregenden, spannenden Erkenntnis seines eigenen Knüllers (es war seine Idee gewesen, Nadia zu ihrer Schauspielleistung zu verleiten, die sie, wie er zugeben musste, großartig hinbekommen hatte) hatten den noch immer naiven Berry in einen Zustand zitternder, geschwächter Hände und Augen versetzt. Stebbins, dessen Gefühlsausbrüche sich auf Wut und Misstrauen beschränkten, nahm ihm die Aufgabe ab. Unter seinen sturköpfigen Fingern fielen die Klötze schnell und fachmännisch an ihren Platz. Und bei der letzten Nummer sprang die schwere Tür auf. Die beiden Männer schwangen sie langsam zurück.

Joel war da. Sie lag in einem durcheinandergewürfelten, engen Haufen zwischen einem Stapel Papieren auf dem sicheren Boden. Es gab nicht das geringste Lebenszeichen – und es roch nach Chloroform. Aufgrund ihrer Haltung schien es unwahrscheinlich, dass sie jemals das Bewusstsein wiedererlangt hatte, seit sie in das luftdichte Abteil geworfen wurde. Sie hoben sie auf die Couch. Belknap hielt den Blick abgewandt.

Julian wählte diesen besonderen Moment für sein Erscheinen. Er schrie etwas darüber, dass die Türen der Weinkeller verschlossen seien und keine Schlüssel zu finden seien. Er blieb stehen, schaute und kniete plötzlich neben Joel, seine Arme um sie gelegt, und rief ihren Namen. Berry brauchte jedes Quäntchen Extrakraft, um Julian loszureißen und ihn auf den Boden zu schleudern.

„ *Halt dich fern* , du Narr. Geben Sie dem Kind Luft. Sie stirbt aus Luftmangel – genau das."

Berry leistete mit Stebbins unbeholfener Hilfe Erste Hilfe, wie man sie bei einem Ertrinkenden leistet. Julian stand neben ihnen und murmelte ein wildes Geschwätz von Koseworten für Joel und hässliche Flüche über die Menschheit im Allgemeinen und Berry im Besonderen. Zwei Polizisten, groß und teilnahmslos, bewachten Belknap, der wie versteinert dasaß und offenbar in seine gefesselten Hände vertieft war, die schlaff vor ihm auf dem Tisch lagen. Er blieb atemlos still, bis Joel schließlich – es schien eine Ewigkeit zu dauern –, zuerst fast unsichtbar, dann sichtbar, Luft holte, sich regte und vor neuem Leben erstarrte, wie eine japanische Fruchtfleischblume sich dem Wasser öffnet. Dann atmete, regte und veränderte auch Belknap im Gleichklang mit ihr seine Position. Berry sah es, und als er Joel leise in Julians Arme hob, verspürte er einen Anflug von Mitgefühl für den großen Mann, den er so lange bewundert und beneidet hatte. Wie sind die Mächtigen gefallen. Aber er brauchte nur in Joels und Julians Gesicht zu blicken, um jedes Jota davon zu verlieren.

„Hier, Junge, trag sie nach oben. Pack sie gut und warm ein; und gib ihr etwas heißen Brandy, falls du welchen finden kannst. Sie wird in kürzester Zeit so gut wie Regen sein, merken Sie sich meine Worte dafür. Und außerdem wird es von nun an für Sie beide ein Kinderspiel sein. Denken Sie daran und machen Sie sich keine Sorgen.“ Er tippte mit einem bedeutungsvollen Zeigefinger auf das Tagebuch. „Es ist ein Buch mit sieben Siegeln; Sie wissen, was ich meine. Seien Sie vorsichtig, fallen Sie nicht.“ Er drehte sich um, um Belknap zu befragen.

„Jetzt komm rüber, Belknap. *Sprechen.* Oder sollen wir dich dafür in die Stadt schicken? Raum 27 im Hauptquartier ist ein guter Ort zum Reden. Wie Sie wissen sollten.“

Belknap, der seine gefalteten Hände mit akribischem Interesse untersuchte, sprach seitlich durch einen angehobenen Mundwinkel.

„Kann das grobe Zeug, Berry. Bei mir bringt dich das nicht weiter, das solltest *du* wissen. Was isst dich? Neugier? Ja, ich habe sie getötet. *Muss* ich es sagen? Oh, lass deinen armen, schwachen Intellekt nicht beunruhigen, dass du nicht den richtigen Mann hast. Du hast. Wie viele habe ich ermordet? Ich habe den Überblick verloren. Du zählst sie zusammen. Und fragen Sie mich um Himmels willen nicht, warum. Warum zur Hölle! Schauen Sie in dem verrotteten kleinen Tagebuch dort nach. Es wird Ihnen sagen, warum und noch mehr. *Einer* von uns musste den Wurf wegwischen, bevor er schlüpfte; um seine Welt sicher zu machen – vor Kriminalität. Ich bin zuerst in meine Lecks gekommen, das ist alles.“ Belknap hätte mit der rechten Hand eine winkende

Geste gemacht, wurde aber durch die Verankerung an seiner linken Hand gebremst. „Lasst uns da rauskommen", rief er. „Ich gehe davon aus, dass du es kaum erwarten kannst, mich auf deinen Wagenrädern durch die Straßen Roms zu ziehen. Nun, tu es und sei verdammt. Bring es einfach hinter dich." Belknaps Augen, die ein wenig in ihren stark beschatteten Augenhöhlen lagen, leuchteten fieberhaft. Die Falten in seinem Gesicht hatten sich vertieft. Er sah seinem Alter entsprechend aus. „Wann, darf ich fragen, hast *du* die Katze aus meiner Tasche gefangen? Ich hatte nicht gedacht, dass ich es rauslassen würde. Ich dachte, ich hätte es ziemlich gut eingenäht. Wie bei der kleinen roten Henne musst du einen Stein an seiner Stelle gelassen haben. Oder *sie* tat es, die Füchsin. Ich hätte das zusätzliche Gewicht markieren sollen. *Herrgott* , was für ein Chaos ich aus dem perfekten Verbrechen gemacht habe; alles in meiner besten Tradition. Und ich hatte es auf Toast, aber weil ich mit dem Feuer gespielt habe. Es war völlig dumm von mir, sie in mein Spiel mitzunehmen, obwohl ich sie doch schon so gut an meine Stiefel angepasst hatte. So wie ich Violet Mowbray zu Blakes und Durgin zu Allan Galts und Thane zu … Nimm sie weg", schrie er plötzlich heiser und stand halb auf. „Um Himmels willen, warum sollte man das Aas herumlassen? Schaff ihr ihr falsches Gesicht zur Hölle hier raus, oder ich –"

Berry kam Belknap nahe. Sein Gesicht war weiß. Er umklammerte die Seiten des Tisches, bis die Knöchel seiner Hände glänzten; und mit ruhiger, harter Stimme sprach er in Belknaps Augen und Zähne.

„Seid still und hört mir zur Abwechslung mal zu! Jetzt nehmt euch ein Beispiel an *mir* . Ich bin kein stolzer Mann und auch kein prahlerischer, Ordway Belknap, ehemaliger Richter und *ehemaliger* Detektiv, aber das hier ist mein Fang, und das wisst ihr. Zum ersten Mal in meinem Leben hatte *ich* eine Ahnung. Mit einem Peitschenknall heute Morgen hatte ich euch auf der Liste. Als *Gast* in diesem Haus letzte Nacht. Seht ihr nicht, was für einen Unterschied das in der Sichtweise macht? Ihr seid zu früh hierhergekommen, um in Sicherheit zu sein, mein Junge, und ihr geht zu spät hier weg. Es mag wahr sein, dass ich euch nicht wirklich verdächtigt habe, bis Mdevani und Lacey beim Anblick eurer schwarzen Nummer an der Wand etwas bemerkten. Aber dann brauchte es einen Psychologen (und das ist meine Stärke), um herauszufinden, warum sie den Mund hielten. Die eine hatte Todesangst vor euch, und die andere sorgte sich um euch.

Stimmt's? Danach fand ich die zusätzliche Kugel. Und ich wusste genau wie Sie, dass keines von beiden zu der Mdevani-Waffe passen würde. Wir werden morgen beweisen, dass beide zu Ihrer kleinen Pistole passen, wenn es keinen Pfifferling mehr ausmacht." Berry nahm Belknaps 22er und ließ sie mit einem Klappern wieder fallen, das in der angespannten Stille des Hörraums widerhallte. Berry geriet sichtlich in Rage. „Dann erinnerte sich Lacey an den Namen Mowbray – und ich sah, warum die arme kleine Schauspielerin umgebracht werden musste. Sie war die Einzige aus Ihrer Morgentasche, für die ich Ihr Motiv herausfinden musste. Blake musste gehen, weil er so sehr an Ihrem jüngsten Verbrechen beteiligt war. Ihrem und dem des Richters."

„Biss daneben", zischte Belknap, sein Gesicht dunkel und bedrohlich, dicht an Berrys. „Ich kann nicht zulassen, dass Sie Motive *unterstellen* . Ich bin letzte Nacht im Dunkeln mit ihm zusammengestoßen. Er wusste, was wir beide wollten – und dass *ich* es verstanden hatte. Also habe ich ihn bekommen."

"Aha! So wehte der Wind, oder? Und danach hast du die Babypuppe erwürgt …"

„Vorher, wie es passiert."

„Nun, *vorher* … Es macht einen verdammt großen Unterschied, wann du es getan hast. Zu schade, dass ich genau zu diesem Zeitpunkt hereinplatzen musste, bevor du deinen Freund Damon und Pythias erledigt hattest. Ich schätze, Whittaker hat seine Würfel geworfen, damit du die ganze Zeit die Rolle des Bösewichts spielst. Meiner Meinung nach hatte er es auf dich abgesehen. Clevere Idee, dein Loch in der Wand und die platzierte Waffe. Aber ein bisschen aus der Luft gegriffen, dass dein erster Schuss danebenging. Aber ich hätte dich trotzdem erwischt, ein oder zwei Schüsse. Die Löcher erinnerten deine Freundin übrigens daran, dass sie deine Ermittlungen in diesem Raum einmal in einem peinlichen Moment unterbrochen hatte. *Sie* zündete die Murad an, soviel ich weiß. Miss Lacey wurde auch daran erinnert, dass du auf mysteriöse Weise aus dem Niemandsland aufgetaucht bist, als sie nachts hier war. Woraufhin es aufhörte, Niemandsland zu sein. Und glauben Sie nicht, dass mir der kleine Nebentrick entgangen ist, als Sie versuchten, Miss Mdevani davon zu überzeugen, dass sie nicht getan hatte, was sie wusste – Ihnen die Nelke ins Knopfloch gesteckt zu haben. Sie war viel zu erpicht darauf, solche Tricks auszuprobieren. Ich weiß nicht, wann Sie beschlossen, ihr die ganze Palette an Verbrechen anzulasten. Aber ich nehme an, Sie haben ihr Zimmer zu diesem Zweck nach Pistole und Taschentuch durchsucht. Sie hatten verdammtes Glück, dass sie mit dem Blake-Befehl rüberkam, den Sie verteilen konnten. *Und mit dem Medikament für Crawford, das Sie en passant* austauschen konnten . Gott, Sie sind ein Biest. Schlimmer als es nur geht. Warum Crawford? Nur weil es den Fall gegen sie entschieden hat? Sein Tod, um ihren zu sichern? Und während Sie der Frau die ganze Zeit schöne Augen machten, spielten Sie einen Trottel. Nun, machen Sie sich nichts vor, Sie haben es geschafft, sie zu überlisten. Sie hat zugesehen, wie Sie sich die Kehle durchgeschnitten haben. Sie hat nur nicht geholfen, Sie zu verraten, bis sie es musste. Bis es um Ihr oder ihr Leben ging. Aber da Sie entschlossen waren, es für sich zu gewinnen, hatte sie immer noch genug Mumm, Sie auszutricksen. Denn sie *hat* Sie ausgetrickst. So tot sie auch auf dem Boden liegt, Gott hab sie selig, es geht ihr besser als Ihnen. Nein, Dorn war Ihre beste Wahl für einen Doppelgänger, wenn Sie einen haben mussten. Sie hätten sich an jemanden halten sollen, der sich nicht verteidigen konnte."

„Verteidige dich!" Belknap lachte heftig und atmete schwer. „Dorn verteidigt sich! Es ist zum Lachen! Die Wahrscheinlichkeit, dass er zurückkommt, ist ungefähr genauso groß …"

Und Milton Dorn kam zurück. Über den angespannten, hässlichen, immer lauter werdenden Stimmen der beiden gegeneinander geworfenen Männer ertönte das Krachen der Fenstertüren zur Terrasse, die mit Gewalt aufgerissen wurden. Auf dem Fensterbrett standen, übertrieben und ungebunden vor dem wirbelnden Nebel, zwei von Stebbins' uniformierten Wachen mit einem schlaffen Körper, der an den Knien und Achseln zwischen ihnen befestigt war: wie einige seltsame Bewohner von Davy Jones' Spind, die ein zu schreckliches Opfer auf die Erde zurückbringen sogar das Meer zum Schlucken.

„Tut mir leid", knurrte einer von ihnen entschuldigend und war sich des erschreckten Entsetzens in dem stillen Raum schwach bewusst, „wir haben das im alten Brunnen hinten gefunden." Ich dachte, Sie könnten es brauchen, Sergeant. Also haben wir es mitgebracht."

Dass der Mann das Neutrum verwendete, um seine Last zu beschreiben, zeigte nur allzu deutlich, dass sie leblos war. Nicht, dass es auch anders hätte sein können. Sein Gesicht war aus seiner menschlichen Gestalt gequetscht. Der Kopf fiel nach hinten und zur Seite, lose, als wäre der Hals gebrochen. Die Bedeckung eines Beins war brutal zerrissen und das Fleisch vom Oberschenkel bis zum Knie war bis auf die Knochen bloßgelegt. Die Kleidung war steif und unförmig von geronnenem Blut.

„Wenn man vom Teufel spricht!", flüsterte Belknap.

„Dorn, ich nehme an", sagte Berry mit überaus sanfter Stimme. Er zwang sich zu einem seltsamen Lachen. „Sagt mal, Jungs, wenn ihr das nächste Mal mit so einer Visitenkarte vorbeikommt, kommt zur Haustür – und klingelt. Ich mag keine Bühnenauftritte. Noch einer von euch?", fragte er und drehte sich um, um Belknap mit zusammengekniffenen Augen anzusehen, wie kein Mann einen Mann ansieht.

Belknap lächelte.

„Wie *haben* Sie es erraten, Leutnant? Ja, Nummer eins. Ich musste ihn gestern Abend auf der Stelle erschlagen, als er versuchte, darunter herauszuschlüpfen. Konnte kein Risiko eingehen, wie viel er wusste. Sprechen Sie über Ihre blinden Zeugen! Keiner von ihnen hat gesehen, wie ich letzte Nacht meinen kleinen Ausflug gemacht habe, um etwas aus meinem Auto zu holen. Ist auch Dorn auf den Fersen.

„Das reicht für dich", sagte Berry. „Kein weiteres Wort. Wir haben genug. Führt ihn für mich zum Ruhm, Männer. „Sergeant", fügte er zu den verblüfften Stebbins hinzu, „rufen Sie sie bitte in der Stadt an und sagen Sie, wir sind unterwegs – mit der Ware." *Übertragen* Sie es. Sagen Sie ihnen, sie sollen die Roste und das kochende Öl bereithalten. Und räum dieses Chaos auf, so gut du kannst, wenn ich dir den Rücken zukehre. Bringen Sie die Leichen morgens in die Leichenhalle. Ich nehme an, dass es Autopsien geben wird, obwohl sie weiß Gott nicht nötig sind. Komm mit", sagte er, als Belknap unsicher aufstand.

Aber Belknap schob seine Gefängniswärter mit einer schnellen, bösartigen Bewegung seiner bärenähnlichen Schultern beiseite und beugte sich über die regungslose, geschrumpfte Gestalt von Nadia Mdevani. Er beugte sich sogar vor, benutzte seine beiden Hände gleichzeitig und drehte ihr Gesicht nach oben. Es war ein exquisites und klares Gesicht, sehr ruhig, sehr perfekt, wie ein Medaillon oder ein Cameo-Gesicht. Und so ausdruckslos. Plötzlich richtete sich Belknap auf, warf den Kopf zurück, lachte wild und brach in ein Liedchen aus:

„ „Sie war meine Frau,

Aber sie hat mir Unrecht getan. '"

„Halt die Klappe, Belknap", rief Berry. „Spielen Sie nicht so spät am Tag den sentimentalen Narren. Ich schätze, *sie* hätte dieses Lied so singen können, wie es gesungen werden sollte. Und es ernst meinen können." Berry schubste Belknap grob zur Flurtür und drehte sich um, um seine letzten Befehle zu erteilen. „Übrigens, Sergeant, ich glaube, es streunen noch ein paar Reste im Haus herum. Ich selbst würde nicht gern hier schlafen und sie wahrscheinlich auch nicht. Sie sollten sie lieber zusammentreiben und irgendwo hinbringen. Da ist dieser John und das Mädchen namens Lily, glaube ich. Und natürlich Mr. Prentice und Miss Lacey und Mrs. Crawford –"

„Sie sind sehr rücksichtsvoll, Lieutenant Berry." Sydney Crawford, in Hut und Mantel, kam die Treppe zu ihnen herunter. „Aber denken Sie nicht an mich. Ich gehe gerade – und ich habe meinen Wagen." Sie wollte gerade an ihnen vorbeigehen und hielt inne. „Danke, Mr. Belknap", sagte sie steif, während sie ihn mit ihren glasigen Augen strikt mied, „für ein aufregendes Wochenende. Und für mein kostbares Leben, über das ich so verfügen kann, wie ich will. Gute Nacht."

Berry wünschte sich für immer, er hätte seinem unmittelbaren Impuls nachgegeben und sie festgenommen. Das hätte den Unterschied zwischen einem weiteren Leben und Tod ausmachen können. Denn drei Tage später wurde ihre Leiche oberhalb von Greenwich an Land gebracht. Es war der einzige Todesfall, der in direktem Zusammenhang mit jenem denkwürdigen Wochenende in Thorngate stand und in den Akten als Selbstmord vermerkt wurde.

Aber Berry, der sie, begleitet von einem freundlichen und galanten Polizisten, mit großer Besorgnis und Mitleid zur Garage gehen sah, war mehr als begierig, die Stadt zu erreichen und seine Beute auszuliefern. Er zog seine Handschuhe an, nahm aus der respektvollen Hand von Sergeant Stebbins Feuer für seine Zigarette, schlüpfte hinter das Lenkrad seines alten Stutz und verließ, als es Mitternacht schlug, die Thorngate-Einfahrt.

Der folgende Eintrag aus dem Tagebuch von Richter Bertrand Whittaker wurde wörtlich in Berrys schriftlichen Bericht über den vorangegangenen Fall übernommen, den er am nächsten Tag

Berrys Freund und Chef, Inspektor Thomas O'Donnell vom New York Detective Bureau, übergab:

29. April 1931 – Bin gerade im Club auf OB gestoßen. Habe ihn gesehen, bevor er mich gesehen hat. Und sein bloßer Anblick hat mir die Inspiration gegeben, um die ich gebetet habe. Nachdem ich gestern mein Testament überarbeitet und heute Morgen diese kleine Pistole gekauft habe, war ich nicht besonders gut gelaunt. Nicht, dass mir das Sterben etwas ausmacht – Oh, ich habe es zu oft gesagt. Zu viele Verneinungen ergeben eine Bejahung! Nein, aber der Tod ist der geringste Teil davon. Es ist das Warten und der Schmerz. Gott, der Schmerz! Ich brauchte drei Morphiumspritzen, um gestern Abend einen Anfall zu überstehen. Und wie ich auch schon sagte, der Weg um das Warten und den Schmerz herum ist Selbstmord. Aber ein zahmer Weg. Und unappetitlich. Sicherlich ohne Nervenkitzel. Ich will Nervenkitzel. Ich liebe es auf meine Art so sehr, wie B. es je getan hat. Ich habe einfach nicht sein Genie, es zu erfinden. Wie er Aufregung für uns beide erdacht hat! Als er das Richteramt verließ, nur um mit mir, dem Detektiv und mir, dem Richter, einen destruktiven Pakt einzugehen, hätte ich in meinen wildesten Augenblicken nicht vorhersehen können, wie gefährlich und böse er unser Leben und unsere Beziehungen zueinander machen würde. Wir sind mit unserem falschen Zeugnis und unserem falschen Verurteilen so weit gegangen, dass wir Angst voreinander und vor unserem zu großen Wissen um die Sünde bekommen. Nur so kann ich mir die hässlichen Vorbehalte und das Misstrauen erklären, die in letzter Zeit zwischen uns aufgekommen sind. Es hat mir leidgetan. Es hat das Stück verdorben. Aber das wundert mich kaum. Unsere beiden letzten Fälle, insbesondere der Stanton-Mowbray-Blake-Fall, sind zu nah an der Zerstörung vorbeigeschrammt, um ganz angenehm zu sein. Vielleicht war es der Gedanke an die Guillotinen, die wir uns gegenseitig um den Hals halten, zusammen mit einem flüchtigen Blick auf sein allzu hübsches, bösartiges Gesicht (die Nähe zu ihm hatte schon immer die Macht, die schwarze Magie, die ich besitze, in mir zu wecken), der den Pfeil meines neuen Plans zwischen mein Großhirn und mein Kleinhirn trieb.

Ich habe unsere etwa zwanzig Fälle, seit B. und ich Partner wurden, ziemlich genau dokumentiert. Elf von ihnen endeten mit Hinrichtungen – das heißt, in jedem Fall bezahlte ein Mann oder eine Frau mit dem Tod für ein Verbrechen, das sie nie begangen hatten. Und doch *gestanden acht dieser elf* . Das Teuflischste an B.s Macht ist, dass er seinen Opfern auf subtile Weise die erschöpfte und getriebene Schlussfolgerung einflößen kann, dass ein Geständnis der schmerzloseste Ausweg ist. In einigen Fällen glaube ich sogar, dass seine hypnotische Kraft so groß ist, dass die Person sich tatsächlich für schuldig *hält* . Jedenfalls kann ein Richter sicherlich nichts anderes tun, als einen geständigen Mörder zum Tode zu verurteilen, oder?

Die Veröffentlichung oder drohende Veröffentlichung dieser Unterhaltungen aus „1001 Nacht" – zusammen mit Krimskrams über unentdeckte Morde, die von verschiedenen Freunden und Verwandten begangen wurden – sollte nicht nur eine gute, sensationelle Lektüre sein, sondern auch einen Umbruch herbeiführen, der durchaus seinen Höhepunkt erreichen könnte mein eigener Mord. *Das ist* meine frische Vorstellung von einer Flucht, ausgedrückt in so vielen Worten! Und wie auch immer man es betrachtet , es ist so ein fröhliches, angenehmes, schlechtes Spiel – und meiner Assoziation mit B. so würdig.

Und der Teufel sagte zu Herrn Legree:

„Ich mag deinen Stil, so verrucht und frei

Komm, setz dich und teile meinen Thron mit mir –"

Ja, ich bin voll und ganz dafür, es zu versuchen. Und ich habe B. sogar eine Andeutung von irgendetwas in den Wind fallen lassen, als ich an ihm vorbeiging. Ich glaube, er hat Alarm geschlagen. Ich werde ihn in ein paar Tagen anrufen, wenn meine Pläne ausgereift sind. Es wird ein bisschen Planung erfordern. Es geht darum, ein halbes Dutzend verdächtiger Krimineller festzunehmen. Nadia Mdevani ist die Nummer eins.

In meinem Kopf schwirren die Ideen! Ich sehe schon so viele kleine Wendungen, die ich der Sache geben kann – ironisch, komisch, frech. Besonders schön ist eine für B. selbst. Es wird richtig interessant. Und ein guter Totengottesdienst, um die wilden Echos in Gang zu setzen!